[日]
武田惇志
伊藤亚衣
著

毛叶枫 译

一个行旅死亡人的故事

ある行旅死亡人の物語

江苏凤凰文艺出版社
JIANGSU PHOENIX LITERATURE AND ART PUBLISHING

行旅死亡人是一个法律术语，是指因疾病、贫困、自杀等死亡，姓名、地址等个人信息不详，且继承人不明的死者。

根据《行旅病人和行旅死亡人处理法》，管辖死亡地点的地方政府负责火化遗体。死者的身体特征、发现时的状况和个人物品会公布在官报[①]上，等待认领者。

[①] 日本政府的机关报，是唯一用于公布国家法令和有关行政事项的官方出版物。——译者注（以下若无特殊说明，均为译者注）

目 录

I

3　开端

9　兔子洞

23　桥上的密谈

28　警察与侦探

41　锦江庄

55　制作族谱

69　相册

81　一路寻找"冲宗"

90　身份弄清楚了

II

101　面影

113　少女时代

123　消失的男人

134　探访已不存在的制罐厂

141　原子弹与水手服

152　"因为她很漂亮"

161　剩下的"谜团"

172　发表和余波

176　旅途尽头

180　后记

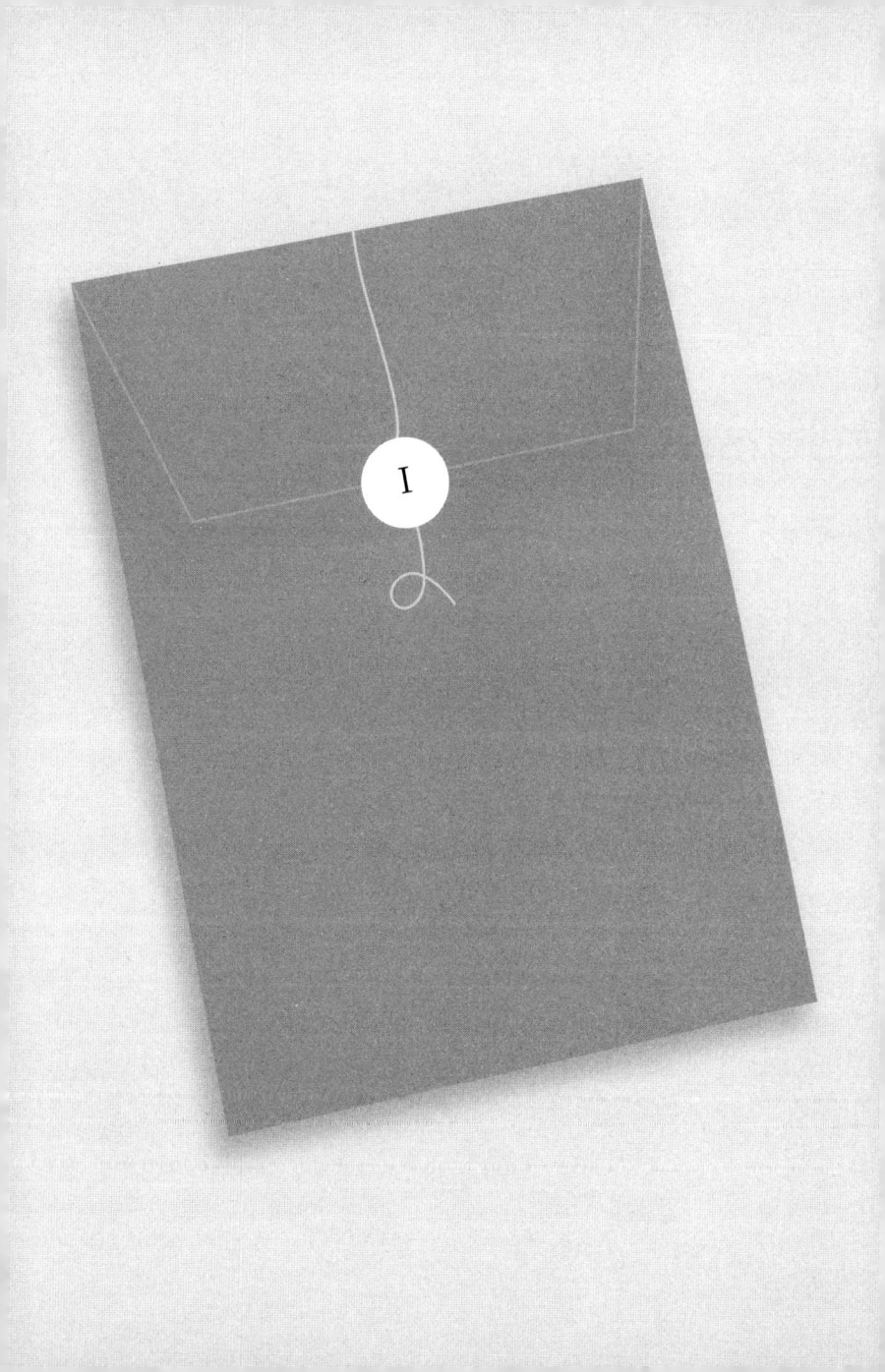

开端

2021年6月1日

行旅死亡人数据库

事情的开端是几行死亡公告。

2021年6月1日,我(武田)在大阪天神桥筋商店街的咖啡店里。午后这个时间店里没什么客人,所以就算打开笔记本电脑,点一杯咖啡坐着不走,一头白发的和蔼店主也不会说什么。我进店后,已经过去一个多小时了。

到今年春天为止的近三年里,我一直窝在"司法记者俱乐部",负责报道法庭案件。5月,我被调动成为"游军"。游军是媒体行业用语,指那些不隶属于记者俱乐部[①],自己寻找素材、自由活动的记者。有重大事件发生时,最先被派出去的就是这支预备军。我所属的共同通讯社大阪社会部,每

---

① 日本特定的新闻机构在首相官邸、各级政府、自治体、公共团体、警界等处设置的记者室。

年大约有十人被调动成为游军。由于部门内人事变动,我也成了其中一员。

只要从属于记者俱乐部,就不愁没有素材,不论好坏。每天都有来自警察和政府机关的事件或事故通告、政策公告,法院也总会开庭审理案件。但游军记者就不一样了,必须依靠自己的眼睛和双脚去挖掘新闻。

就这样,每天写写审判报道的日子突然宣告结束,我不得不忙于寻找素材。一开始,我只能从在司法记者俱乐部工作时认识的律师那里获取一些小道消息,勉强糊口。

着急也无济于事,今天就用一整天好好找素材吧。到时自然就有想法了——我怀着这样轻松的心情,打算在咖啡店里坐一个下午。

在店里,我把早报从头到尾读了一遍,也把网络上近期关西地区的新闻都看了一遍,但是没有适合的让人灵光一闪的故事,烟灰缸里的烟头倒是堆成了小山。

我放弃浏览新闻,转而访问浏览器收藏夹里的网站——行旅死亡人数据库。这是一个民间网站,专门转载官报上发布的"行旅死亡人"公告。

行旅死亡人,听起来或许有些陌生,这是一个法律术语,指的是身份不明、无人认领的遗体。此类公告一般十行左右,包含死者的身高、衣着、发现地点等简单信息。大部分人死在路边、孤独死或自杀,很少因犯罪而死。但由于公告简单而零碎，不少报道都透露着神秘色彩。

过去曾有过例子，有人发现学校理科教室和大学研究室里供学习使用的人体模型（骨骼标本）是真正的人骨，轰动一时。其实，那些人骨也作为行旅死亡人被发布在了官报上。通过一些调查，发现原以为的模型是身份不明的人骨，政府部门必须依法呼吁提供身份信息。

我自己也曾有类似的经历：读官报发现，某县警科学搜查研究所里的标本是真正的人骨，于是联系负责县警的记者，做了一篇报道。

因此，我对行旅死亡人产生了兴趣，不知不觉养成了这样的习惯——每隔十天在大阪社会部值夜班时，总会集中阅读那几天的死亡公告。

然而，能写成新闻报道的情况是很少的。当我怀疑是非正常死亡，询问公告发布地的地方政府时，常被告知警察有明确的根据判定是自杀。

这一天，我也没抱太大希望。不出所料，最近公告的是高龄男性病死、中年女性疑似自杀溺死等。当然，每个人的生命都很重要，但这些没有新闻价值。

我心想新闻素材哪有这么好找，正准备关闭浏览器时，忽然看到网站上"排行榜"一栏。我以前没怎么留意这个页面。

点击后，出现了"按市町村分类的行旅死亡人人数排行榜""市町村人口比行旅死亡人人数排行榜"。前者排第一的是大阪市，这恐怕是因为那里有日结临时工集中居住的爱林地区。后者排第一的是山梨县鸣泽村,这也不难想象,因为那里有被称为自杀圣地的富士树海。

我一边想着这些,一边向下滚动页面,出现了"行旅死亡人所持金额排行榜"。第一名是在兵库县尼崎市发现的女性,持有金额为 34 821 350 日元,排名第二的是在大阪市西成区发现的男性,持有 20 954 577 日元。第一名和第二名之间大概相差 1400 万日元。

关于西成区男性的报道,我有印象。我在过往报道检索的网站上查找,发现已经有新闻了:一名男性住客在简易旅馆内自杀,现场发现一笔神秘巨款。这则报道寥寥几笔,就勾人兴致,但现在再去追查其他媒体已经报道过的内容也没什么意义了。

对于尼崎市的这名女性,我也有似曾相识的感觉,也许是读过发布在官报上的公告。公告发布的时间是 2020 年 7 月 30 日,已经过去将近一年了。可我在检索网站上查找,发现没有任何媒体报道过。于是,我重读了那名女性的死亡公告。

女性,年龄约 75 岁,籍贯(国籍)、住址、姓名皆不明,身高约 133 厘米,中等身材,右手手指全部缺失,持有现金 34 821 350 日元

上述者于令和二年①四月二十六日上午 9 点 4 分、于尼崎市长洲东大街 × 巷 × 门 × 号(注:原文对门牌号有记载)锦江庄 2 楼玄关处被发现时,已经死亡。

---

① 2020 年。

> ### 行旅死亡人
>
> 本籍（国籍）・住所・氏名不明、年齢75歳ぐらい、女性、身長約133cm、中肉、右手指全て欠損、現金34,821,350円
>
> 上記の者は、令和2年4月26日午前9時4分、尼崎市長洲東通■丁目■番■号錦江荘2階玄関先にて絶命した状態で発見された。死体検案の結果、令和2年4月上旬頃に死亡。遺体は身元不明のため、尼崎市立弥生ケ丘斎場で火葬に付し、遺骨は同斎場にて保管している。
>
> お心当たりのある方は、尼崎市南部保健福祉センターまで申し出て下さい。
>
> 令和2年7月30日
>
> 　兵庫県　　　　　尼崎市長　稲村　和美

实际的官报（图片部分处理过）

尸检的结果是，死亡时间为令和二年四月上旬。由于身份不明，遗体在尼崎市立弥生之丘殡仪馆火化，骨灰由该殡仪馆保管。

如有线索，请前往尼崎市南部保健福祉中心反映。

令和二年七月三十日

兵库县　尼崎市长　稻村和美

开篇短短三行，全都是引人注目的信息。除了3400多万日元的随身财产之外，右手手指全部缺失究竟是什么情

况？公告里写着"在玄关处被发现时，已经死亡"，大概是孤独死吧？是不是发生了什么不寻常的事？虽然我不知道行旅死亡人平均持有的财产是多少，但比排第二的西成区男性多出了1000多万日元，可以想象这是一个非常大的数额。

话虽如此，公告发布后已经过了将近一年，却没能成为新闻，也许已经有人采访过，但发现没有新闻价值。就过去的经验而言，我知道对行旅死亡人的死亡公告不能期望过高。

可机会难得，我想试着打电话问一下。如果政府部门的负责人不在，那就没办法了，说明我和这个案子没有缘分。

我感到店里嘈杂起来，但又觉得这不是什么值得特意换地方的案子，于是决定当场打电话。

我在谷歌上查到了死亡公告上所写的联系地点——尼崎市南部保健福祉中心的电话号码，用手机打了过去，一名男性职员立刻接起了电话。

"您好，我想问去年7月30日发布在官报上，在尼崎市长洲东大街无名女性死者的事情……就是那个留下大量现金的人。"

我没能很好地概括内容，说得有些含糊，但男子似乎立马就明白了，他立刻说了一个我没有听过的女性名字。

"啊，您说的是 Tanaka Chizuko。"

（武田）

兔子洞

2021年6月1日

"这案子很有意思"

Tanaka Chizuko？如果这是那名女性的名字，是不是说明她的身份已经查明了？官报发布已经近一年了，不是没有这种可能性。这样的话，这个职员也许无意中透露了不该透露的信息。这对我来说是件好事。我思考着这些，等待电话转接给负责人。

过了一会儿，另一个自称是负责人的男性职员接过电话。他告诉我，尼崎市方面已经不再负责处理这件事了，所以他无法回答。

果然是因为查明了身份，不再被当成行旅死亡人了吗？

这样的话就没办法了，可特意打了电话，应该问些想问的。

"其实，我刚刚打听到她的名字叫Tanaka Chizuko。这名女性的身份已经查清楚了吗?"

"不,还没查清楚。我们也做了很多调查,但没有结果。"

"可她不是叫 Tanaka Chizuko 吗?"

"……还很难说。总之,因为她留下了不少财产,我们做了调查,没有弄清楚她的身份,便向家庭法院申请了遗产管理人,法院选任了律师。之后的事全部交给那边的律师了。如果你能留下联系方式,我会把采访请求转达给律师……"

原来如此。我第一次听说"遗产管理人"这个职位,但不管怎么说,Tanaka Chizuko 的案子已经从行政机关转交给专业的律师了。如果是这样,根据我的经验,采访十有八九就到此为止了。

当然,世上也有不少爽快应对媒体的律师,但这受他们所处领域的限制,这是我实际的感受。比如,在以行政机关或企业为对象的诉讼或进行无罪诉讼的刑事案件中,向社会控诉权力的不正之风、想要恢复受害者的名誉等,除非律师方能通过媒体宣传得到上述好处,否则他们不会特意在百忙之中抽出时间和不认识的记者周旋。

更何况,等对方联络,几乎算是一种婉拒。我礼节性地把自己的手机号码告诉他,道谢后挂断了电话。

结果,又回到了找素材的起点。不过,我本来就觉得给尼崎市打电话是行不通的。抽根烟,从头开始找吧。我这样想着,闭上眼睛休息了一会儿,然后手机响了。

区号显示为06。我以为是大阪市内的某个受访者打来的，于是接听起来。对方说道："我是律师太田吉彦。"是素不相识的律师。难道尼崎市的职员礼节性地把我的联系方式告诉这个人了？

"刚才我接到尼崎市那边的电话，说是有位记者想联系我。"

果真如此。没想到这么快就联系我了。我先确认是不是关于Tanaka Chizuko女士的事。

"是的。我当律师二十二年了，还觉得这个案子很有意思。"

我有点不知所措，这个人冷不防地说什么呢。

疑惑的同时，出于记者的职业敏感，我挺直了身子。

"（尼崎）东警察局已经调查过这具遗体了，就连刑警都说从没见过这种情况。我个人也很想找到Tanaka Chizuko的亲人。死者不受个人信息保护法的保护，也没有保密义务，如果有机会报道，我想利用这个机会。"

虽然完全无法想象是一个什么样的案子，但似乎不是一通电话就能说清楚的。我试着问了一下，他表示今天傍晚就能接受采访。太田律师的事务所在尼崎市内（尼崎市在兵库县，和大阪市是同一区号），鉴于目前的形势，我决定通过Zoom进行远程采访。

我在网上查询得知，遗产管理人的职务是，在没有指定继承人的情况下，管理、清算死者的遗产。家庭法院收到申请后,会选任律师或司法书士[①]。我不知道还有这样的工作,这是我在过去的采访中从未涉足的领域。这次案子的原委是,围绕已故 Tanaka Chizuko 的遗产,负责本案的尼崎市政府向家庭法院提出申请,太田律师被选中了。

那么太田律师究竟会说些什么呢?

在采访中,我偶尔会遇到一些夸大其词的人,但还是第一次听到这么夸张的说法——"我当律师二十二年了,还觉得这个案子很有意思"。这要么是了不得的大新闻,要么是毫无意义的假消息。我一口喝光冷掉的咖啡,向报社走去。

做笔记的手跟不上了

屏幕那一头的太田律师戴着口罩,看不到他的长相,但或许是因为关西腔的语调令我感到舒适,对话的气氛有几分亲切。至少,他看起来不像是那种在媒体面前靠夸大其词来博取名声的人。

彼此寒暄一番后,我准备直奔正题,他先叮嘱我:"我现在是在家庭法院的指挥下工作,希望你写报道的时候能和他们商量一下。"如果条件仅此而已,那我理应接受。我同意了,等太田律师开口。

[①] 原为房地产及法人登记注册的专家。2002 年,日本修改司法书士法,取得法务大臣认定的司法书士可拥有简易裁判所代理权等权限。

"Tanaka女士在官报上所说的锦江庄公寓住了很长时间。要说有多久,得从昭和五十七年(1982年)三月算起。"

"大概四十年?"

"是的,但她没有住民票①。在她家找到了写着姓名和住址的养老金手册……"

手册上的名字是"田中千津子",并写着"生于昭和二十年(1945年)九月十七日"。

田中女士在同一间公寓里住了将近四十年,这在常年调动的记者看来十分惊人。公寓从名称看就很古旧,长期养老不算舒适。有那么多钱,应该很容易找到新的住处。而且没有住民票,又是怎么一回事?一连串的疑问涌上心头,我首先问的是最在意的右手手指缺失。

"是在一次工伤事故中失去了右手手指。在她接受治疗的医院里找到了病历,但不知道户籍所在地,没法申报死亡,才会记为姓名不详。

"她在同一个住处独自生活了近四十年,直到去世。她在保险柜里放了大额现金。但是不知道她来自哪里。

"我们做了调查,发现她可能来自广岛。仔细整理房间时,发现了一枚印章,上面刻着'冲宗'。应该读作Okimune,大概是她的旧姓②。这姓非常罕见,全国也没多少人。我上网

---

① 记载着住址、姓名、生日等信息的文件。
② 日本采用夫妇同姓制度,多数情况下女方婚后改夫姓。

查了一下，发现这个姓在广岛比较多。

"警察貌似也调查到了。在她因工伤事故接受治疗的医院病历中，发现了她不知是与医生还是护士交谈的记录。记录里，她有说'来自广岛，家里有三姐妹'之类的。"

做笔记的手渐渐跟不上了。工伤事故、广岛、冲宗、三姐妹……我忙着记录他陈述的一件又一件事实，根本顾不上插话。

"她搬进锦江庄是昭和五十七年（1982年），当时的租赁合同还在，是以Tanaka Ryuji，田中龙次（假名）的名义签订的。是这个人租下了锦江庄的公寓。合同上还写着他工作的单位，但现在已经不存在了，我们没能找到。没有住民票，我们也不知道田中龙次是什么时候去世的。

"另外，锦江庄的房东是一个93岁的老太太，住在公寓一楼。她说田中千津子几十年来一直独居，'哪有什么龙次先生'。还说一直都是一个人。

"每个月她都亲手交房租，房东说从来没有见过什么龙次先生。昭和五十七年，签租房合同时，房东的丈夫还在世，所以她疑惑不解地说：'我丈夫签合同的时候，龙次先生在不在呢？'为什么会变成这样，我也很纳闷。"

故事越来越扑朔迷离了。

四十年前，田中千津子搬进公寓时，虽然不知道是不是她丈夫，但身边确实有一名男性。但无论如何，住在楼下的现任房东从来没有见过男性出入。这可能吗？

"她身份什么的，有没有可能顺着工伤事故这条线索调查？"

"只知道她曾在一家制罐厂做临时工，其间遭遇了手指被夹事故。那家工厂已经停业了，不存在了，原址成了空地。工厂老板是土地所有者，但他不在住所登记簿上，所以一直找不到他。"

"那你是怎么知道她遭遇了工伤事故的？"

"房间里有一份文件，是平成六年（1994年）四月手指被机器夹了的工伤赔偿申请。

"于是，警察给治疗工伤的医院打电话，这才找到了我刚才提到的病历。据说，她说过'在广岛一直待到23岁'。知道了这么多信息，但还是不能确定她的身份。不知道她是谁。不知道她户籍所在地。而且，怎么会没有住民票呢？这也太奇怪了吧？因为光工伤保险的赔偿金应该就有1000万日元。奇怪吧，要是有住民票，每年就可以领到钱。"

的确，这故事太不寻常了。

太田律师说着，再次惊叹太不可思议了。

"可能是她自己拒领工伤赔偿。从平成九年（1997年）开始，她自己放弃了，没有办理继续申请的手续。

"就算和世界断绝一切联系，人总是会生病的。所以警察开始调查她的家庭医生和牙医，发现她一直在大阪看牙。那名大阪牙医很特殊，可以在没有医保卡的情况下提供治疗。每次治疗收费数十万日元，专门为没有医保卡的人服务。田中女士去看病了，尽管她没有医保卡。

"知道了她在哪里看牙医，但还是不知道她户籍所在地，也没法查清她的身份。现在就快实施国民身份号码系统，户籍所在地、姓名和出生日期是必要信息。

"已经知道她的出生日期和姓名……只要有住民票，就能关联到身份。但由于某种原因，她的住民票在平成七年（1995年）被注销了。根据尼崎市政府的说法，是被ショッケンショージョ（Shokken Shoujo）了。"

ショッケンショージョ是一个复合词，听起来很陌生。我查了一下，原来写作"职权消除"，是指政府部门依职权注销住民票。多数情况是，实况调查发现当事人不住在住民票上的地址时，就会这样处理。

"尽管如此，不是还有除票吗？住民票因搬家而被注销，就会变成除票。过了保留期，除票也没有了。

"不过，市政府的数据应该还在，只是市民课[①]无法查看，工作人员也无法查阅田中女士的住民票是如何被注销的。

---

① 日本市政府下属机关，管理市民户籍申报与注销、人口迁移、印鉴登录、开具证明文书等业务。

"总之,不知道在拒领工伤赔偿之后,她靠什么维持生活。在这种情况下,她把3400万日元现金放在显眼处的保险柜里,死于蛛网膜下腔出血。她去世两周后,房东进入房间,发现了她的遗体。但如果事情仅此而已,也不算多稀奇。"

故事到这里已经够引人注目了,但我知道还没进入正题,不禁一阵眩晕。我看不清故事的走向,只好任由他讲述。

"警察进入房间,没发现任何能确定身份的证件。其实只要知道户籍就行。尽管独自一人去世,如果手机或电话簿(通信录)上有同姓的人,一般都能联系上家人,通常能确定身份。然而,完全没找到这类东西。

"一般来说,去附近的超市购物,都会有小票,但这也没找到。更没留下任何信件。是扔掉了吗?总之,什么都没有,这很不正常。搞不清她为什么要扔掉这些,只能认为是刻意要过这种生活……完全想不明白是怎么回事。她在那里住了近四十年,楼下的老太太完全不知道她的来历,就连她没有手指也不知道。

"右手没有手指,就没法从钱包里往外掏钱了吧?我问房东,'你从来都没发现吗?'房东说,'她总是一分不差地把钱放在信封里交给我。有一次水费不够,她本可以当场掏钱包,却又回到房间,拿回刚刚好的数目。'

"我请了侦探去附近的购物场所调查。总之,有一个人就行。只要知道一个亲属的联系方式,其他的就都知道了。

我想只要查到这个就好，所以才请侦探去调查……但没有找到任何人。

"找不到任何人，这也太不正常了。警方也说没遇到过这种情况，没有类似的经验。在非正常死亡的案例中，独居者去世并不罕见，但不至于像这个案子一样什么也查不到。

"当然，偶尔也会有这样的例子。但这次的当事人留下的钱太多了。有养老金手册，但不领取养老金。也没有住民票。

"田中千津子到底是谁？不觉得这种事很少见吗？

"如果三姐妹这个说法是真的，那还有其他两个姐妹，她们就是继承人。我的工作会持续到财产归属国库之前。如果有外甥或外甥女出现，他们就是继承人，可以继承这笔钱。但是一旦归属国库，就拿不回来了。万一今后有这样的继承人出现，为了向他们证明'已经努力调查过了'，甚至连侦探都请了。连法院都觉得'警察都调查过了，侦探还能查到什么吗'。一般情况下，会有贺年卡之类的东西，这样就能知道亲属，联系上的话，基本上就能查清楚。

"今年2月15日，我被任命为遗产管理人。要是三个月前被任命，说不定能通过邮局转送的贺年卡得知她的身份呢——要是真能收到贺年卡的话。总之，我是满怀遗憾接手这个案子的，真是什么都不知道。

"没找到任何线索，我反而觉得奇怪。她为什么要拒绝工伤赔偿，也不领养老金？ 没有近照，没有手机，只有一部老式按键电话，连语音信箱功能都没有。我找到了一些话

> **相続債権者受遺者への請求申出の催告**
>
> 本籍不詳、最後の住所不詳、死亡の場所兵庫県尼崎市長洲東通■丁目■番■号 錦江荘二階　被相続人　■■亡　自称田中千津子
>
> 右被相続人の相続人のあることが不明なので、一切の相続債権者及び受遺者は、本公告掲載の翌日から二箇月以内に請求の申し出をして下さい。
>
> 右期間内にお申し出がないときは弁済から除斥します。
>
> 令和三年五月十一日
>
> 兵庫県尼崎市潮江一丁目八番一号　コーポ潮江一一一号　太田川口法律事務所
>
> 相続財産管理人　弁護士　太田　吉彦

2021 年 5 月，太田律师在官报上发布的《对遗产债权人、继承人的公示催告》（图片经过部分加工）

费账单，但在世时她没打过任何电话，只是一直支付基础话费，大约 1500 日元。普通电话有电话簿功能，可以重拨，但她的电话是很老的按键式，没有这个功能。我请求电信公司出示这部电话的历史通话记录，得到的答复是只有基础话费，她可能从来没打过电话。不知道她有没有接到过谁打来的电话，而且……"

太田律师停顿了一下，拿出一个银色饰品似的东西，对着摄像头展示。那是一个带有星形标志的项链。

带有星形标志的项链

"这是不是朝鲜的标志?这叫盒式项链吧?打开后,里面有一张小纸片,写着两行不知道是什么意思的数字。我还发现了一张1000韩元的纸币(约100日元),被精心包在一个塑料袋里。韩国纸币。"

突然听到一个意想不到的国名,我感觉自己心跳加速。朝鲜出现得太突然了。

说到星形元素,社会主义国家在使用,世界各地也都在用,连美国的星条旗上也有。不特意跟朝鲜联系起来,也可以解释。至于韩元纸币,有那么奇怪吗?

我并不打算反驳他的假设,但如果不进行这样的否定思考,我的大脑就快跟不上故事的急剧发展了。

太田律师继续说:

"警察找到广岛市政府,但还是什么也没查到。我没有权限,不能只凭姓名查户籍,而且又不是犯罪案件,所以停止了身份调查。那是一大笔钱,最初我怀疑背后有犯罪案件,但从死因来看,又不像。

"对了,官报上说她身高133厘米,但据房东说,她没有那么矮,要更高些,大概150厘米。怎么会差十几厘米呢?

"她去世被发现,是在两周之后。我清理了房间,仔细寻找也没找到房间钥匙。她是死在房间里的,那之后,会不会有人做了什么?"

带有星形标志的盒式项链。打开盖子,内部有数字:
141391 13487

故事已经够离奇了,是时候询问太田律师结论了。

"太田先生,您的结论是什么呢?"

"我的结论嘛……"太田律师顿了一下,从背后拿出一本书,书名是《反日阴谋白皮书》。

"我是这么想的:田中龙次是一名间谍。在这个前提下,我不知道他们有没有结婚,因为没有做身份调查。她应该是靠给间谍送钱为生吧。因为去世得很突然,没有时间处理那些钱。

"她去世时年纪并不大,身体却是个瘦弱憔悴的老太太。我在想,这个田中和已故的田中也许不是同一个人,是借用田中的身份进行活动,但不知出于什么原因,不能再用了……话说回来,死者究竟是谁?我们只知道,她自称田中千津子而已。"

在《爱丽丝梦游仙境》的开头，有这样一个场景：爱丽丝追白兔，掉进通往仙境的深洞里，一直坠落。我现在就有这样的感觉。我不知道太田律师的结论在多大程度上是对的，但感觉自己内心发生了决定性的变化，再也无法回头了。

"即便这笔钱最终会归属国库，我也希望能找到她的亲人，让她安息。"

采访结束。我在电脑前愣了好一会儿，动不了。

（武田）

桥上的密谈

2021 年 6 月 1 日

找到一个同伴

原本怀着轻松的心情寻找新闻素材，却有了出人意料的展开。现阶段我还不能完全相信太田律师的话，但我没有能立马否定他的证据。我想找个人聊聊，但故事太离奇了，不知道可以找谁。

我想起，这个时候和我同时期加入报社的同事也在上班，于是邀他到报社的吸烟区。

听完我的讲述，他表现得很冷静，没有对朝鲜间谍的可能性发表任何没有根据的意见，也没有发表任何感想。他只说了两点："已经彻底调查过的行旅死亡人，身份很难确定""根据我的采访经验，广岛好像有不少姓冲宗的人"。

"一直查寻，却始终查不到身份，那就太浪费时间了。"

我不得不赞同。当然，日常取材无功而返的情况太常见了。但是，一个本来就不一定具有新闻价值的故事，警察和侦探这种专业的调查人员也没能成功，执意去做，既浪费时间又浪费精力，实在有些愚蠢。

独自一人时，我看了手机，发现太田律师给我发来了遗物中找到的相册。这是我在Zoom会议上请求的。打开文件，在略显褪色的黄色背景上，每页有几张照片，一共有八页。那些照片或是单人女性照，或是单人男性照，或是毛绒玩具狗。

毛绒玩具？

照片上的女人应该就是田中千津子吧？她看起来四十多岁，皮肤白皙，身材苗条，相貌清秀。看起来和带有下町①印象的尼崎没有什么关系。

疑似田中龙次的男子，戴着眼镜，短发，年纪大约五十岁。他看起来是一个典型的通勤电车上的日本中年男性，没有什么明显的特征。

我打起精神回到座位上，正考虑接下来该怎么办，只听见身后传来一声有气无力的"喂"。是邻座的记者伊藤亚衣——她比我晚一年进报社，但我们同龄。不知从什么时候起，我们开始用朋友般随意的语气交谈。在大众传媒行业，衡量前后辈关系的指标并非实际年龄，而是进入报社的时间，像我们这样的关系可能比较少。

这家伙不知道我现在的心情，倒落得轻松……等等，对

---

① 一般指代庶民聚集的工商业区域。

疑似田中千津子的照片

于这件事,她会有什么样的反应?

我邀请她去喝一杯,她爽快地答应了。不巧的是,大阪在4月宣布进入第三次疫情紧急状态,晚上餐馆都不营业了。没办法,我们打算去店里打包食物和罐装啤酒,在户外喝。几分钟后,我们离开了办公室。

在大阪市政府北面、横跨堂岛川的水晶桥上,我们找了个合适的地方坐下。用罐装啤酒碰杯后,我递给伊藤一份文档。"这是我刚听说的故事,你读读看。"这是依照尼崎市的死亡公告和太田律师所讲述的内容整理成的采访笔记,我打印好带来了。

过了一会儿,她读完了,喃喃自语道:"太棒了。"这时我还不确定能不能写成报道,她却快活地说:"这故事很有意思，应该去采访。"

揭开这个谜，要从哪里下手？

我对故事里的每个谜团都很感兴趣，但首先应该确定田中千津子的身份，否则就无从谈起。

这么说来，今天从太田律师那里听到的所有信息，都不是靠自己的眼睛和耳朵寻找得来的。信息的出处都很模糊。是警方？还是政府机关？抑或是侦探？今天得到的每一条信息，我要一一证实，然后整理，必须站在坚实的起跑线上。

为此，我必须查看这个案子的资料和遗物。我决定拜访太田律师，参与这项工作。

之后，应该主要追问侦探所做的工作，调查是否遗漏了什么。还必须直接和房东谈谈。也有必要去一趟广岛。我们相互确认：暂时还不能写成报道，休息日就算自掏腰包也要做。

我拿出手机，给伊藤看女人的照片。

"千津子原来长得这么漂亮啊，"她说，"一直独自住在同一间公寓，直到去世……"

桥上的灯光洒在河面上，四周被朦胧的光照亮。我从没想过一天可以如此漫长。看着水面上摇曳的光,一切仿佛是一场梦。我们究竟要去哪里?不安和期待交织在一起,在我胸中如漩涡般转动。

(武田)

警察与侦探

2021年6月4日

遗产清单

6月4日午后,我来到太田律师位于尼崎的办公室。我被带进里面的房间,他已经做好了准备,桌子上堆着遗物和文件。

我摊开装满相关文件的文件夹,打开笔记本电脑开始记录。如果把所有需要过目的东西都记录下来,可能要花几小时。虽然我习惯了在法庭上誊写诉讼文件,但这次除了文字资料,还有各种遗物,恐怕要花不少时间。

我翻阅文件,想决定要从哪里开始,这时,一张"遗产清单"跃入眼帘。目录上列出以下四项物品:

存折两本——日本邮政银行和三井住友银行,名义均为田中千津子;

三井住友银行借记卡一张,名义为 Tanaka Chizuko;

田中千津子名下的养老金手册一本；

遗留金 34 600 520 日元。

遗留金中的 206 000 日元用于丧葬，14 830 日元用于在官报上刊登死亡公告，还有 4230 日元用于在官报上刊登关于指定遗产管理人的公告。行旅死亡人留下的财产会被用于支付类似的手续费。

保险柜里的现金不是新钞，而是旧钞，有的用橡皮筋捆在一起，有的用塑料袋或信封小份小份地装着。此外，保险柜里还有项链等几件宝石首饰，但不知为何不见了。

死因是蛛网膜下腔出血

根据尼崎市提交给神户家庭法院的文件，遗体被发现时的情况如下：

> 令和二年四月，26日上午9点4分，在锦江庄二楼玄关处被发现，朝左侧卧倒，已死亡。尸检结果表明，死亡时间约为令和二年四月上旬。从所持物品判断，死者很有可能是田中千津子。尼崎东警察局对其进行了调查，但未能判明其身份，于是作为行旅死亡人移交尼崎市。

尼崎市的处理是，由于死者身份尚未确认，又没法确认是否有继承人，而尸体必须尽快火化，在此目的下，尼崎市用死者留下的钱火化了死者。根据民法第952条第（1）款的规定，向神户家庭法院提出指定遗产管理人的请求。

民法第952条对遗产继承做出了规定。按照这个规定，尼崎市请求神户家庭法院指定遗产管理人。

尸检是一项医生调查死亡原因和死亡时间的工作。尼崎市的医生在5月8日出具了尸检报告。

姓名：不详；女性，约75岁
死亡时间：令和二年四月上旬
死亡地点：尼崎市锦江庄二楼
死亡原因：蛛网膜下腔出血
从发病或受伤到死亡的时间：短时间
手术：无
解剖：无
死因类型：疾病和自然死亡

根据医生的结论，死因没有可疑之处。蛛网膜下腔出血，这个症状常见于因长时间工作导致的过劳死，可以说近乎猝死。这名女性大概是因蛛网膜下腔突然出血，陷入昏迷，最后死在自家门口。至于本人是否预料到自己的死亡，就不得而知了。

发现遗体的契机是堆积如山的信件

遗体是在什么情况下被发现的？尼崎东警察局这样说明：

> 死者平时总会尽快取走信件，但最近两三天，信箱中塞满了信件，其他住户有点担心，便联系了房东，房东又联系了房产中介。由于门是锁着的，对里面叫喊也没有回应，中介便报了警。警察到达现场后，房东用备用钥匙打开锁，急救队员又破坏门闩，确认房间里的状况时，在玄关处发现了面朝左侧倒地去世的死者。

这名女性很幸运，去世后较早的阶段就被发现了。如果住户没有察觉，可能要等到房东催收租金时才发现，那时遗体可能已经腐烂了。

据描述，被发现时她身高约为133厘米，体形中等，年龄约75岁，右手手指全部缺失（工伤事故所致）。她身穿绿色长袖运动衫和短裤。身高和其他细节与官报中记载的一致。果然个子小得出奇，让人在意。而年龄被精确地划定在"75岁"，有些不可思议，但当我看到遗物中的养老金手册，便立刻明白了。

手册封面是橙色的，由曾隶属于厚生劳动省的社会保险厅（该机构已被废除，其原有事务现由日本养老金管理局接管）发放。上面写着，她于"平成元年（1989年）二月一日"成为被保险人，姓名是"田中千津子"，出生日期是"昭和二十年（1945年）九月十七日"。2020年4月那个时候，她74岁。

从资料中警方和市政官员的证词可知，警方尽全力做了调查，但无法确定她的身份。整理一下，调查的主要结果有以下六点：

1. 通过对房东和邻居调查，无法确定她的身份；

2. 该女性（田中千津子）和被认为是她丈夫的男性（田中龙次）都没有进行居民身份登记；

3. 关于养老金手册，因领取养老金的时间很短，且缴纳养老金时工作的制罐厂已经不在了，因此无法以此确定身份；

4. 调查了存折和银行，也无法确定身份——银行没有资料可以核实她的身份；

5. 该女性曾看过牙医，找到大阪的那名主治医生，但对方是黑市牙医，没有就医记录；

6. 该女性在制罐厂发生工伤事故时，为她治疗的医院留下病历，其中有"23岁前一直在广岛，有姐妹三人"的记述，于是在广岛县和广岛市进行了调查，但没有获得可以确认身份的信息；

除了最初的周边调查，警察还完成了我们无论如何都做不到的调查。

在宫部美雪的小说《火车》中，有一个情节是休假中的刑警因无法使用警察证，调查举步维艰。世界上有很多事只能由警察来做，比如向法院申请搜查令，强制搜查，还可以通过《刑事诉讼法》规定的"搜查相关事项"程序获取各种信息。除非有什么特殊情况，任何人都不能拒绝回答警方提出的任何问题。

一方面，记者虽然有媒体机构的名片，实际上却没有任何权限，甚至不能向政府部门查询当事人有无居民登记，也不能向银行查询信息。至于牙齿，很可能是在遗体的牙齿上发现了治疗痕迹，在彻底调查治疗记录后找到了牙医。这种事只有警方能做到。不甘心的心情油然而生——在记者力所能及的范围内，事到如今还能查到什么？

此外，遗物中还有尼崎劳动基准监督局发放的表明支付了工伤事故赔偿金的证明书，上面的姓名和出生日期与养老金手册上的相同。证明书上写着："平成六年（1994年）十二月十五日"和"根据《工伤保险法》，决定支付证明"。警方调查发现，之后她自行停止领取养老金。尽管如此，她的保险柜中却有大量现金，所以警察局内部才有人怀疑她是间谍。

房东对她也知之甚少？！

之后，家庭法院内部专门负责调查的调查员，向房东询问了这名女性的情况，几乎没有得到线索。关于这个住了四十年的房客，除了租房合同上记载的内容，房东没有其他证词，甚至不确定去世的女性是否真的是田中千津子。

当时的租赁合同装在一个褐色信封里。合同是竖着写的，作为1980年代的文件，看起来有些老式。公寓被称为"文化住宅"，月租金为22 000日元（当时的价格）。合同签订于1982年3月8日。出租人是当时的房东（已故，现任房东的丈夫）。承租人是田中龙次，盖的是"田中"的印章，工作单位是"富士化学纸（471）71××"。地址是锦江庄，而非他上一个住所。中介一栏写着尼崎市一个房产中介的名字。

法律意义上的承租人是田中龙次，因为有这份合同。但是，至少可以确定的是，在那里居住的是名为田中千津子的女性。

田中龙次的工作单位富士化学纸工业，后来更名为"富士复印"。警方询问该公司，是否有过名为田中龙次的员工，得到的回复是没有同名员工。

侦探登场

2021年2月15日，田中千津子的遗体被发现约十个月后，太田律师被选任为遗产管理人。他前往锦江庄进行整理工作，也没有发现任何可以确认死者身份的资料。

太田律师考虑到女性去世已经过了较长时间，担心相关人员的记忆越来越模糊，便决定聘请侦探进行调查。从3月开始，专业侦探调查了近一个月。

侦探整理好有用的信息后，将调查事项锁定到房东、制罐厂、商店街和尼崎站周边，开始四处打听。

房东向侦探提供的证词有些奇怪，说她生前"似乎经常去杭濑市场买东西，市场在锦江庄的东南方向，但她买完东西总是从东北方向走回来"。不知道侦探是怎么看这一证词的，但可以看出，房东对她的日常生活抱有朴素的疑问。当然，前往东南方向的市场，从东北方向走回来，很可能只是她的散步路线。

至于制罐厂，向附近居民打听得知，当时的经营者在十几年前去世了，他登记在册的住址变成了空宅。据说，经营者年迈的妻子患有严重的失智症，生活起居由独生女照顾。之后，侦探继续在周边地区调查，但没有任何成果。可以肯定的是，工厂的人认识这名女性。针对这条线索的调查失败了，侦探也很遗憾。

杭濑商店街离锦江庄不远，街上有餐馆、日用品店和公共浴室等，出口处是县公路，对面就是之前提到的市场。很自然地能想到，这一带是这名女性最熟悉的生活区域。

侦探把在遗物相册里找到的女性照片做了变瘦处理，并根据年龄添加了相应的皱纹，他把合成的照片拿给房东看，确认了与生前的女性很像，便拿着这张照片在这一区域走访调查。她在同一公寓住了近四十年，按理说应该有几家经常光顾的商店，或是熟悉她面孔的人，但是这样的例子一个也没找到。唯一的证词来自一家小酒馆的常客，他含糊地说"三年前，常在附近的长洲公园看见她"。侦探便去公园周边打听，但没法证实。

遗物中还有一张商店街美容店的卡片。店家说，他记得这名女性曾来过一次，他告诉她"本店需要预约"，她便离开了。她为什么突然去美容店？在那之前，在那之后，她在哪里剪头发？或许她不是想理发，而是突然想找人说说话？想到她转身离开美容店的样子，我有点难过。

关于她的生活，找到了几张收据，其中有尼崎车站前眼镜店的，日期是1980年到1990年。不知道为什么，几乎没有近年的。唯一比较新的是，2015年12月9日在车站前的EDION电器店购买夏普彩色电视机的收据，收据上的名字是Tanaka Ryuji。

此外，还有几张EDION和眼镜店的明信片，以及煤气账单和电费账单。大部分明信片的收信人是田中千津子，还有写Tanaka Chizuko和Tanaka Ryuji的，也有写田中龙二[①]的。EDION的收信人和《产经新闻》订阅申请表上的名字都是田中龙二。另一方面，租赁合同上的名字像是手写的，是田中

---

① 龙二与龙次在日语中发音相同。

龙次。如果是夫妻，虽说发音相同，但是怎么会把丈夫名字里的汉字弄错呢？

侦探还走访了购物收据上的眼镜店，从会员编号查到她最后一次光顾是在2009年10月。

遗物和存折

除此之外，太田律师还保管了以下有可能成为线索的遗物：

带有星形标志的盒式项链（参见第21页）；

一枚田中印章和两枚冲宗印章；

京都八坂神社的钥匙圈；

带有阪神老虎队标志的钥匙圈；

写着田中阿丹的钥匙圈；

精工手表；

用塑料袋包裹的1000韩元纸币；

1美分硬币；

日本邮政银行的存折和三井住友银行的存折；

一本棕色封面的相册；

约三十张没有放进相册的照片。

打开盒式项链，里面有一张小纸片，工整地写着141391 13487。就是这件东西让人联想到她和朝鲜有关联。

一枚冲宗印章装在高档皮套里，似乎没怎么用过，崭新如初。

三井住友银行的存折似乎只用于支付公共费用，有NHK电视台、大阪煤气公司、关西电力公司和NTT通信公司的支付记录。最后一次支付是2020年4月27日，也就是遗体被发现的第二天。这些费用都是自动扣除的。

令人费解的是日本邮政银行的存折。最早的记录是2008年7月，滚存结余为5 000 266日元，起初每月会提取1万到3万日元，从2014年3月开始，每隔几天就会提取10万到20万日元，到了次年6月，余额为202日元，存折记录也到此为止。应该都是她自己提取的，这500万日元去哪儿了呢？是保险柜中现金的一部分吗？

就算是，也无法推测这一行为背后的理由。无论她的生活多么神秘，公寓租金是31 500日元，考虑到电费等公共费用都从别的存折支付，很难相信她每月生活费要20万日元。

更令人费解的是，没有放进相册的照片，与相册中的照片是同一时期拍摄的，还有两张孩子的照片，不知道是谁的孩子。

警方和侦探有漏掉什么吗？

确认完资料，天已经黑了，房间变得昏暗起来。明明坐在房间里没有活动，却感觉身体十分沉重。我向太田律师道谢，离开事务所，向尼崎车站走去。在车站对面，我看到了EDION电器店的招牌，她曾在那里买过一台电视。我现在走的这条通往车站的路，她应该也曾走过。和午后经过时相比，景色看起来不一样了。

我坐在回大阪的电车里，身体随着电车摇晃，思考着接下来该怎么办。三天前，在Zoom上从太田律师那里听来的事，很多都在今天的工作中得到了证实。当然，我认为有必要和最初调查的警察谈谈，但这不是一个向媒体公开的案子，警方接受采访的希望很渺茫。

应该先和资料中出现的相关人员聊聊，比如房东。某种程度上，就是重复侦探的工作。虽然也想再去打听打听，但专业人士花了一个月的时间都没有取得大进展，记者利用本职工作外的空闲时间做些零碎工作，想来也不会有用。我想，只要在商店街打听一下，就能知道附近有没有右手手指缺失的女性了，这就足够了。

如果要在寻访上下功夫，果然还是要找她原来工作过的制罐厂。侦探没有查到经营者，但如果不拘泥于经营者，去问问员工呢？只要找到一个相关的人就可以了。她为什么会卷入工伤事故？那之后，她便一个人生活了吗？她有没有丈夫？为什么工伤事故赔偿金停发了？这些问题，问以前的同事，应该就明白了吧。

同样值得关注的，还有田中龙次工作过的富士化学纸工业公司。据警方调查，这是谎报的工作单位，但我想自己查查是否属实。直接打电话给公司，应该不会受理吧，所以我要找到1980年代曾在那里工作过的人。

至于照片，我想和伊藤仔细检查一下，彻底找找照片里有什么线索。其中可能隐藏着警察和侦探都忽略了的信息。

最后是冲宗印章。这个关于姓氏的谜团，警方去广岛县和广岛市进行了询问，侦探则完全没有调查。如果有突破口，恐怕就是这个了。这个姓氏很少见，向当地制作印章的人打听一下，或许有用。把电话黄页上姓冲宗的人全找出来，挨个打电话——虽然麻烦，但并非不可能。只是在这种情况下，对方若是起了疑心，说谎或拒绝采访，就鸡飞蛋打了。毕竟在电话里很难知道对方是不是在说谎，另一方面，被挂电话的话就没办法了。因此，有必要通过某种方法筛选出与她有血缘关系的人，然后直接采访。

警察局、市政厅、律师、家庭法院，还有侦探，这么多人经手，仍然无法确认田中千津子的身份。现在，我们作为记者也坐上末席，加入了调查者的行列。

（武田）

锦江庄

2021 年 6 月

惊讶、混乱、兴奋……当时的感情再次苏醒。从那天起,我们被那名女性吸引着,全身心投入采访。

在桥上听到的"让人放不下的故事"

2021年5月,在任职两年后,我(伊藤)从大阪府警搜查一课的采访负责人一职"毕业",成为一名游军记者。从那开始,我不再去府警本部的记者俱乐部,而在大阪分社工作。

分社里,游军记者的办公桌在一处。座位先到先得。和前辈后辈没什么关系(至少我这么认为)。随着调动时间临近,"预订"开始了。我瞄准了离窗户最近、距离负责修改稿件的编辑们最远的座位。原先坐在那里的记者将和我交换,从游军一职"毕业"。

3月初，我早早地预订完，立刻联络了武田，叮嘱他预订我旁边的座位。

这没有什么深意。我们同年，又来自同一个地方，还同一天调到大阪社会部。能坐在同时成为游军记者的他旁边，我单纯觉得开心，心想也许还能一起做些有趣的事。当时，我做梦也没想到有一天会和他一起进行大规模采访。

成为游军记者后，第一个重要工作是，为2001年6月8日发生的池田小学儿童被杀事件进行二十年周年采访。为了在8日那天发表，从5月初开始，我就和另一个游军记者一起采访，然后撰写报道。

6月1日，采访进入尾声，我从武田那里听到了行旅死亡人的故事。

"有个故事，我有点放不下。"

他在桥上这样说，并给我看了包含照片的资料。

"你听说过行旅死亡人吗？这个故事呢，不知道该说不可思议还是什么。我看官报时发现的。该怎么办才好呢？"

我看资料时，他在我旁边用他惯用的卷舌音说着。我努力应和着，心怦怦直跳。不知道是说完了还是说累了，武田沉默下来，我继续读资料。

"你怎么想？要不要一起做？"

这么有意思的故事，我怎么能不加入？

前路未知的采访就从这里开始了。

我借来全部资料，深夜时分，我们在桥上道别。回家路上，我也抑制不住兴奋的心情。是间谍？还是悬案的凶手？我不停地胡思乱想。尽管如此，内心某处仍然现实地思考着："如果警察和侦探都查不出她的身份，我们应该也找不到吧。"

再次翻阅资料，我脑海中仍然充满了问号。钻进被窝，照片中那个女人的脸也一次次地浮现在我脑海里。她幸福吗？希望她是幸福的。

尽管她的生命一去不返，但我一次又一次地许愿。不，照片上的女人和死去的女人也许不是同一个人，说不定她还在什么地方活着。接下来的日子里，我总是怀着这些想法入睡。

第一次现场采访

两周后，我们第一次现场采访。事前没做太多调查，我们先去了她去世时住的公寓。

上午10点，我催促刚值完夜班、睡眼惺忪的武田，从大阪市中央区的报社打车出发。上高速公路，穿过淀川。虽说是邻县，但与尼崎的距离只是邻町[①]程度而已。大约三十分钟后，事先在谷歌地图上看过的锦江庄出现在眼前。一想到她在这里孤身死去，便觉得这栋浅灰色的三层建筑有些

---

① 日本行政区大致划分为都道府县和市区町村两大层级。

冰冷。

公寓一楼住着房东，二楼和三楼共有四个房间，现在只有一名男性住在这里。2020年4月26日，这名男性看到她的信箱里还放着房租账单，心生疑惑，便告诉了房东。收到房东的联系后，中介公司报了警。

距离11点——和房东约见的时间还有一会儿，我们决定在附近走走。

尼崎市是作为工业城市发展起来的，在战后经济高速发展的时期，全国各地的劳动者迁居到这里。近年来，由于交通便利，且车站周边再次开发，它在"最想居住的地区"排行榜上名列前茅。

锦江庄与JR①尼崎站的直线距离为一公里，周围有大型团地②和附带公园的住宅区，步行三分钟左右就可以到达杭濑商店街。商店街一直延伸到阪神杭濑站，古色古香的个体商店和公共浴室鳞次栉比，中老年购物者络绎不绝。与很久之前就成为社会问题的卷帘门商店街③完全不同。老店铺混杂的商店街，仿佛弥漫着昭和时代的气息，与被家电量贩店、大型商业设施、新的高层公寓包围的尼崎站周边形成了鲜明对比。

---

① 日本铁路公司。
② 在日本战后城市化的进程中，大量兴建的密集廉价住宅区。
③ 日本一些地方因人口减少而萧条，导致商店街上的很多店铺不再营业，整日关闭着百叶窗式卷帘门。

我来了劲头，开始制定午餐计划。在我身旁的武田，还是一副像要睡着的样子。或许是为了驱散睡意，他从澡堂旁的自动贩卖机买了一罐可口可乐。

附近有这么多住宅和商店，应该能找到一个认识她或与她有来往的人。我这样想着，领先了武田半步——他站在商店街正中喝可乐。距离与房东约定的时间很近了，但我看到一家印章店。慎重起见，我进去询问店主是否对冲宗这个人有印象，但他并不认识。

上午11点，我们在约定的时间回到锦江庄，按下了一楼的对讲门铃。房东的女婿带我们四处参观。死者生前住在二楼的201号。

"先看看房间吧。"说着，他带我们走上外侧的楼梯。房间是1dk[①]，没有浴室。遗憾的是，家具等物品已经搬走了。

楼梯口有一个褪色的木制信箱，有些地方用胶带修补过。信箱被隔成了四个，最左边的那个有小小的手写字迹——田中。是她写的吗？

在201号房门前，房东的女婿用万能钥匙打开门。门旁贴着小小的胶带，上面也写着小小的田中。在胶带上手写门牌，这实在太简陋了。她真的在这里住了四十年吗？进入房间前，这个疑问浮现在我脑海里。

玄关只够站一个人，墙壁和地面都是灰色的混凝土，天花板挂着裸露的灯泡。门内侧两条被切断的链子引起了我的

[①] 指包含一个房间和一间厨房的户型。

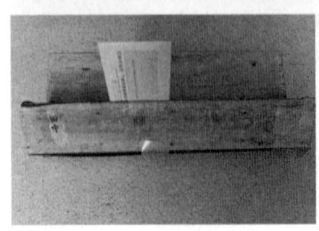

锦江庄外观（上）

去世的女性被发现的契机——木制信箱（下）

注意。

"这不是我们装的。"

大概是察觉到我诧异的表情，房东的女婿马上告诉我。看来链子是她自己装的。据说，是被接到报警赶来的急救队员在进入房间时弄断的。

进入室内，旁边有一个小小的洗手池。要用来洗脸的话，太小了，既没有热水，也没有镜子。她应该是用厨房的水槽洗脸。房间里没有浴室。不敢相信一个女性会在这里生活这么多年。洗手池往前是蹲厕,地上铺着浅蓝色的瓷砖,设计很有年代感。从玄关进入,正面是厨房和起居室,五叠①大左右。

"她就倒在这里。"

据说,她是在起居室的榻榻米上以左侧朝下侧卧的状态去世的。

起居室里的东西都搬走了,但砂墙上还挂着警报器。打开后,"呜呜呜"的高音响彻房间。这也不是房间里原本就有的东西。

此外,房间的三扇窗户都从内侧被棍子卡住,无法打开。包括玄关的链子在内,她似乎相当注意安全。既然如此,为什么不搬到安全措施更好的房子去呢?

被玻璃门隔在里面的房间,是六叠大的日式榻榻米。一踏进去,我就被正面的墙吸引住了。砂墙有一部分已经剥落,榻榻米上凌乱地散落着沙土。

"这是什么?"

我感到后背发凉,忍不住问道。

"我们把这里的家具搬走后,发现墙上有一大块黑色污渍,看起来像鬼一样,让人毛骨悚然,所以就请施工人员削掉了。"

房东的女婿在一旁解释。

---

① 1叠约为1.62平方米。

所有家具都被搬走了（上）

门上装了两条链子（下）

环顾整个房间，能收纳的只有一个双开门壁橱。天花板、墙壁和榻榻米都有多处褪色，榻榻米上有明显的放置家具的痕迹。警察用撬棍撬开了这个房间里的转盘式保险柜，发现了大量现金。

遗体被发现时，房间的样子。能看到婴儿床上的毛绒狗玩具和驴玩具（上）

装在室内的警报器（下）

房间里有日常生活的痕迹，但她真的会在这里住将近四十年吗？她有 3400 多万日元现金，为什么会一直住没有浴室的房间？为什么会把这么一大笔钱放在一个没有安全措施可言的房间里？

尽是些无法理解的事情，我带着说不清道不明的心情在房间里拍了些照片，逗留了十分钟就离开了。武田的心情应该和我差不多。在房间里，我们几乎没有对话，只是各自环顾着室内。

房东的回忆

回到一楼，我们决定找房东宫城阳菜女士聊聊。家庭法院的调查员已经询问过她了，她似乎对田中千津子知之甚少（参见第 34 页），但目前，这位 93 岁的宫城女士是唯一在田中千津子生前认识她的人，是很重要的采访对象。

宫城女士从床上坐起来，慢慢回答我们接二连三的问题。

"田中是个稳重、高雅的人。除了寒暄，我们没有闲聊过。"

据宫城女士说，她每个月都会亲自来交 31 500 日元的房租，最后一次是在 2020 年 3 月底，她交了 4 月的房租。

"她总是这样抱着胳膊。"

宫城女士说着，把手臂交叉在胸前。她看见女人出去散步和购物，回来时总是双臂交叉着上二楼，像是要把手藏起来似的。

我告诉她女人右手没有手指，她很惊讶地说"我完全不知道"，进而表示，也不知道她在附近的制罐厂工作。

"她每次都把刚刚好的金额装在信封里交给我。有一次水费不够，明明当场把钱包拿出来就行，但她回房间去取。"宫城女士继续说道。

这和武田从太田律师那里听来的一致。

从太田律师那里拿到的资料显示，宫城女士确认过那具女性遗体就是田中千津子。我们一边给她看在房间里找到的相册照片，一边问："女性遗体是照片上的这位吗？"她回答："我可没看（遗体的脸）。太可怕了，不敢看呢。"

我不禁和武田面面相觑。尽管我们说"听说宫城女士您确认过"，她还是坚持说"没看过"。那么，是谁确认遗体是田中千津子呢？

我们试着换个问题。

"住在二楼的女人是照片上这个人吗？"

"嗯，眉目很像。"

关于官报上所写的女性遗体"身高133厘米"，我也问了，她却说："不可能，她跟我差不多高。"她说女人晚年身高将近150厘米，很瘦，留着黑色短发，衣着朴素。和照片上的女人不像是同一个人。

公寓的租赁合同是1982年3月以田中龙次这个男性名字签订的。签约当时的房租是每月22 000日元。当时的房东是现任房东宫城女士的丈夫，已经过世了。

"都是家里那位（丈夫）经手的，我什么都不知道。"

她说，从未听丈夫提起过田中龙次。给她看相册里的男性照片，她摇头说："一次也没见过。我一直以为她一个人过活。"她还说，压根儿就没人来看望过女人。而且，当时介绍她来的中介好像也过世了，签约时的情况完全弄不清楚。

我问她是否还记得关于女人的其他事。

"她经常在早上洗衣服。"

她像是在回忆似的说道。洗衣机已经拆除，放在门口。女性的遗体被发现时，她的房间也晾着衣服。

"她总是这样抱着胳膊。"

宫城女士做着抱胳膊的手势，又重复了一遍。我们每次都认真附和："是嘛。"

遗体是在 2020 年 4 月被发现的，那是国内首次确认新型冠状病毒感染者的三个月后。

"附近的人看到这里吵吵嚷嚷的，都以为是有人得了新冠。（我们家）被人用奇怪的眼光看着，可不容易了。真希望房间能早点腾出来。"

宫城女士说出了自己的真实想法。大概是对不明病毒相当敏感吧，这些话她也重复了好几次。

最后，我问这公寓是宫城夫妇什么时候盖的，她答道："昭和四十……几年来着？我们俩都是从鹿儿岛来的。"

"所以才取名锦江庄吗？"

武田恍然大悟道。

"是啊，天气好的日子，太阳照着锦江湾（鹿儿岛湾），那可真叫美呢。"

宫城女士的表情不知不觉间缓和下来。

杜撰的合同

"宫城女士的丈夫还活着就好了。"

采访结束后，我们在商店街的餐馆里一边吃御好烧①一边反复讨论。如果她的丈夫还活着，也许就能查明女人和男人的身份，解开所有的谜团。

可采访才刚刚开始，我们应该把精力放在尽可能多地收集信息上，于是决定前往锦江庄目前签约的地产公司，也就是宫城女士得知女性的房间出现异状后首先联络的对象。

我们在商店街前坐上阪神巴士，十分钟左右后到达JR尼崎站北侧的尼崎市浜地区。周围商店和住宅混杂，走了一会儿就出汗了。水壶里的水喝光了，我在自动贩卖机上买了一瓶大麦茶，一口气喝了一半。

下了巴士后，走了大约三分钟，我们找到了那家公司。乍看是一栋两层楼的住宅，玄关附近放着一个小招牌，半地下部分是地产经纪公司。透过玻璃拉门往里看，能看见一名60岁左右的男性。

听到我们的呼叫，男性慢慢走出来。他是公司负责人，虽然对记者的来访感到惊讶，但还是向我们说明了女性遗体被发现时的情况。他接到宫城女士打来的电话，了解情况后，指示道："不要擅自开门，在警察来之前什么都不要做。"然后报了警。之后，他赶到锦江庄，没有进屋。他也不知道

---

① 一种铁板烧小吃，最具代表性的做法有关西（大阪）和广岛两大派系。

四十年前签约的情况。1982年3月的租赁合同上所写的工作单位是假的，合同上没有写租客田中龙次上一个住址，也没有写出生日期和联系方式。

怎么这么随便就出租了？关于合同，我询问了眼前这名房地产专业人士。

"虽说是1980年代，但已经出台了宅建业法，合同上连之前的住址都没写，未免太假了。"

他们有没有隐瞒什么？男子的话愈发加深了谜团。

每天用洗衣机洗衣服，是为了发出很大的声音，不让别人听到室内的声音吗？我们一边交换着脑海里的胡思乱想，一边向JR尼崎站走去。

武田刚结束通宵值班，而我下午6点要开始值班。我们决定，这天就到此为止。

（伊藤）

制作族谱

2021 年 6 月 2 日至 18 日

从全国仅约百人的冲宗姓氏开始

我们在公寓附近打听,同时也对遗物(参见第 37 页)进行调查。其中最有可能查明身份的就是印章了。遗物中有三枚印章,一枚刻的是田中,另外两枚刻的是冲宗这个罕见的姓氏。也许田中千津子的旧姓是冲宗?我们先这样假设,决定继续调查。

伊藤和我都没有姓冲宗的朋友,于是先在网上搜索。我们找到几个关于姓氏的网站,从中可以肯定的是,姓冲宗这个姓氏的人全国只有百来个,非常稀有,其中大多数人住在广岛县。

我们在谷歌上找到了几个姓冲宗的名人。

接着很快查到,1970 年震惊全日本的"淀号劫机事

刻着冲宗的印章

件"[1]，客舱乘务员中有一个名叫冲宗阳子的女性。实施劫机的学生们驱使"淀号"前往朝鲜，他们中的一部分人后来被怀疑与绑架日本人的事件有关。令人吃惊的是，冲宗与朝鲜之间的联系出现了，但也不能否认有种空想的感觉。总之，一定要见见阳子女士。

然后是最近，2019 年参议院选举，前法务大臣河井克行和妻子河井案里议员所涉及的大规模选举受贿事件，收受现金的广岛县政治家中有一个名叫冲宗正明的市议会议员。因为这个事件被连日报道，所以我很熟悉这个名字。我咨询过的同期记者，一听到冲宗就立刻联想到广岛，也是因为这个

---

[1] 1970 年 3 月 31 日，日本赤军成员策划了日本航空 351 号班机劫机事件，劫机犯流亡朝鲜并投降。

事件。我搜索了一下，找到了记者招待会时的影像。

剩下的名人，就只有在维基百科上发现的姓冲宗的前足球运动员。尽管如此，全国只有一百多个姓冲宗的人，其中有三个名人，可以说是相当优秀的宗族了。从宗这个字来看，这个姓似乎包含着某种渊源。我一边这样想，一边不停地搜索，发现了一个名为"冲宗溯源"的博客，这正好是我现在感兴趣的。

个人简介栏里只写着"博客新手"，没有详情。但只读了第一篇文章的开头，我就不由分说地提高了期待值。

博客作者为冲宗氏溯源

"冲宗这一姓氏有多少人？调查后发现全国也只有极少数！我已经在目前可查明的范围内绘制了冲宗氏的族谱。您和全国的其他'冲宗'有关联吗？我想重新为冲宗氏追根溯源。"

看来博主冲宗某人的兴趣是制作近来流行的族谱。考虑到个人简介栏里"博客新手"的描述，我推测他应该是位中年男性。

博客内容还包含了基于史料的详细内容。他贴出了广岛县吴市仓桥町的冲宗龟人（故人）所拥有的"过去账"（记录故人戒名等的账簿）的副本，在像是和纸的东西上用细细的毛笔字写着："宽政十一年四月十三日　当家元祖　筑前福冈

家士 立花几之丞当浦住居 荣左卫门。"

博文中的"当浦",指的是尾立这个区域。一搜索,马上就找到了"广岛县吴市仓桥町尾立"。这是位于吴市南部的仓桥岛的地名。

综合博客上记述的内容,冲宗氏的祖先是福冈藩士[1],其始祖似乎是战国时代的名将荐野增时。到了江户时代,其子孙立花几之丞从福冈移居尾立,他的下一代开始姓冲宗。

博客上还登载了以立花几之丞为祖先、涵盖六代人的简单族谱,附言中提道:"由于涉及个人信息,只能发布故人的姓名,在世者不便公布。"这么说来,博客作者冲宗某人所知道的关于冲宗氏的信息,很有可能比博客上公开的还要多。

博主的回复

一定要联系上博主。最新的文章发于2月,已经有四个月没有更新了。博客上没有邮箱地址,能和博主取得联系的唯一方法就是在评论栏里留言。由于主题过于小众,至今为止没有收到过任何评论,我想博主不会仔细查看评论栏的。

但我想不出其他好办法,便决定在最新的文章底下

---

[1] 日本江户时代从属、侍奉各藩的武士。

留言：

"您好。我是一名记者，事出偶然，正在调查冲宗这一姓氏。非常想与您交流信息，方便的话，请给我发邮件。"

网上的言论不知会被谁看见，以防万一，我附上了一个不常用的邮箱，然后提交评论。

幸运的是，当天晚上我就收到了博主的电子邮件。

"很高兴认识你，我是冲宗溯源博客的作者冲宗生郎。谢谢你的留言。

"虽然刚开始写博客时就预料到了，但没想到几乎没有反响，信息上也陷入困境，我正打算放弃。

"我也希望能交流信息。

"我还有工作，所以不能花太多时间在交流上，这一点还请谅解。请多关照。"

能对素不相识的人吐露内情，似乎是个正直的人，他可能会有兴趣帮助我们。凭着这种直觉，我在回信里附上了有关千津子身份线索的信息，比如出生日期和暗示是广岛人的证词等。不过现在，我只告诉他是"采访一桩意外"，并没有提到留在保险柜里的3400万日元，以及几乎没发现任何可以确定身份的东西这一事实。因为如果对方怀疑，而不回信，就一无所获了。

随后，生郎先生通过邮件告诉我，他住在广岛县府中市，市内有四家亲戚姓冲宗，但都没有叫千津子的人。另外，他还知道广岛市内也有四家姓冲宗的，也都没有人叫千津子。

住在府中市的他，不认为市内还有其他自己不知道的亲戚，所以该市在今后的调查中可以排除了。只要重复这项工作，就可以知道千津子来自广岛的什么地方，或是知道她出身于广岛的信息是否正确。

我决定从电话黄页里筛选出广岛县内姓冲宗的人，然后逐一向生郎先生确认他是否认识。重要的是，找出他不认识的冲宗家。

包括那些同名但住址不同的人在内，我总共找到了十六名"冲宗"，于是发邮件问生郎先生。其中一人就是他博客里提到的冲宗龟人。

这时，我再次请求："其实这件事有点复杂，就连千津子这个名字是不是真的也不知道。如果有符合'女性，1945年出生，家里有三姐妹'这个条件的，也请告诉我。"

生郎先生很谨慎地回复道："是孤独死引发的'事件'吗？这样的话，即使不知道详细情况，也不能不帮忙了。"他从名单中排除了七人。已故的冲宗龟人是他的祖父。既然龟人先生有过去的族谱，那么生郎先生一家便是冲宗家族的本家吧？这样的话，他掌握的信息应该比分家多。调查伊始就遇到了生郎先生，是我的幸运吧？

"我出生于1949年，冲宗龟人家族里没有大我四岁的三姐妹。"

不出所料，事情不会那么顺利。

不过，我开始觉得生郎先生应该是这次调查的绝佳搭档。即使千津子和广岛无关，全国只有一百人左右的"冲宗"也不会有多个祖先。所有的冲宗氏恐怕都是从福冈藩来到吴市仓桥岛尾立的生郎先生的祖先立花几之丞，也就是荣左卫门有关吧。生郎先生在邮件里附上了用 excel 制作的族谱，在世的只有十人左右，是一张很小的族谱，但所有人的起点都是荣左卫门。这样看来，果然以本家为中心扩大调查范围是最有效率的。

而且，生郎先生也想更了解冲宗一族。在只有百余人的家族里，很难再出现第二个像生郎先生这样奇特的人了吧。因此，我向他表达了今后想前往广岛市调查的愿望，并提出一个大胆的请求。

"我想，我将依照这张族谱和电话黄页来追溯冲宗这个姓氏，从结果上来说，这也是一趟族谱趋近完成的旅程。如果可以的话，生郎先生可视作族谱制作的一环，一起做这件事——当然，前提是您方便。"

"这张族谱是二十多年前制作的，重新制作的话，要怎么调查呢？我毫无头绪。如果是素不相识的人调查，的确会让人起疑心——我这方面挺粗枝大叶的，对你没有戒心——如果是姓冲宗的人追溯冲宗的根源，对方会接受的吧。但是我经营着一家只有一名员工的小厂，很难跟您一起去广岛。更不巧的是，除了工作以外，我每周周末也都有事要做。能否请武田先生独自调查?您可以用我的名义——不过,我想应该没人知道我的名字——如果您能把调查结果添进族谱里,我将不胜感激。谨慎起见,附上我的名片。很高兴认识您。"

尽管一同调查的请求被拒绝了,但可以借用生郎先生的名义。我很感激他提了这个提议。就像邮件里写的,寻找千津子的亲人,直接关系到冲宗一族族谱的制作,但由一个素不相识的陌生人来制作族谱,总会让人不舒服吧。如果追加一句"我正和一个名叫冲宗生郎的人一起制作族谱",对方便不会很戒备。

生郎先生都已经这么说了,我也理应把所有实情都说出来。我有点无理地请他挤出时间,给他打了电话。从官报上的行旅死亡人公告,到太田律师的话,再到警察、侦探、房东令人费解的证词等,我把从采访开始到现在所了解到的情况都简明扼要地告诉了他。

与淀号事件有关的冲宗

据生郎先生说,即便是冲宗姓氏比较多的广岛县内,也不卖现成的冲宗印章。"所以,我认为冲宗印章肯定属于本人。"他这样推理。虽然这是此次调查的前提,但能够从当事人冲宗先生口中听到这个推论,我松了一口气。

在交谈中,我们也聊到了"淀号事件"中的冲宗阳子。

对生郎先生来说，她是同为团块世代[①]的同姓名人，所以记忆犹新。他还记得该事件成为新闻时，他的父亲——已故的光义先生，联系了东京的叔父源之助，询问这个人与广岛冲宗一族的关联。

由于祖父龟人先生将家主之位让给了弟弟源之助，冲宗本家便转移到东京了。

虽然现在可信度还不明了，但有人怀疑千津子与朝鲜有关联，而且冲宗阳子确实令人在意。她现在住在哪里呢？事件已经过去五十多年了，她要是结了婚，姓氏很可能也变了。

我没有别的办法，只好在检索新闻报道的网站输入冲宗，一条不漏地查看过去二十年来的报道。因为是那么轰动的事件，我期待着会不会有回顾性的采访过她的报道。果然，1999年3月《京都新闻》晚报上刊登了一篇报道。

报道称，冲宗阳子在事件发生后结婚，而后离职，从1980年代开始在丈夫老家所在的京都市伏见区的商店街经营文具销售公司。原来就在隔壁京都啊。我立刻联络伊藤，决定下班后过去看看。

凭着一股干劲冲出大阪固然不错，但仔细想想，毕竟是文具店，是有营业时间的。一查才知道下午6点打烊，到达

---

① 指日本战后婴儿潮出生的第一代人。

最近的京阪电车伏见桃山站时就快6点了。

我们快步穿过商店街,看见文具店的卷帘门已经拉下一半了。但店里灯亮着,还有人在。

"不好意思——"我出声招呼,两名女性走了出来。阳子女士毕竟是名人,就算说想采访也不会引起怀疑。想到这里,我单刀直入地说"想和冲宗阳子女士谈谈",对方帮我给外出的她打了电话。

我们喘了口气,环顾四周。店只有几坪[①]大小,纵深长,摆满了笔记本、钢笔和新奇小物,唤起人的怀旧之情。

几分钟后,阳子女士弯腰从卷帘门外进来。她看起来身材结实,充满活力。《京都新闻》的报道说,她是商店街老板娘们的会长,确实有着商店女老板的派头。

我赶紧说:"我们正在找一个叫冲宗千津子的女性。"

阳子女士爽朗地笑道:"什么嘛,我还以为又是为了'淀号'来采访的记者呢。"

她说,直到现在,警察厅的公安部每换一任负责人,还会特意从东京来打招呼。只要劫机犯们不回日本接受审判,"淀号事件"就无法从法律层面得到解决。很难想象眼前的老板娘就是这个世纪事件的当事人。

"'淀号'的故事我当然也感兴趣,希望下次能好好听您说……只是我这次来,是为了寻找千津子。去年春天,她在尼崎孤独死去。"

---

① 1坪约等于3.3平方米。

"千津子？我没听说过。"

立即被否定了。可如果千津子跟阳子女士有亲属关系，她就有可能成为3400万日元遗产的继承人。在工作人员面前说这个事有所顾忌，但此刻四下无人，时机正好，于是我压低声音向她耳语。

得知事实后，阳子女士"啊"地露出诙谐十足的神情，让人吃惊。得知金额后，她笑着点了点头说："好巨大的金额。竟然还有这种事。"接着，她仿佛领会了我的担忧，关上卷帘门，做好慢慢听我说的准备。

我用手机给她看了千津子的照片，告诉她：有证词说她是广岛人，有姐妹三人，出生于1945年。

"我还是没有印象，不过她真的很漂亮。我听说姓冲宗的女人多数是美女。"阳子女士幽默地说着，又笑了起来。

据阳子女士回忆，"淀号事件"发生后，从广岛来的人去见了生活在东京的父亲，讨论了族谱的话题。那个来自广岛的访客一定是生郎先生的父亲。他大概是在"淀号事件"的报道中发现了冲宗这个姓氏，于是特意前往东京。生郎先生制作族谱的热情，承袭自父亲吧。

阳子女士当场打电话给弟弟秀树，得知他手头有他们这一支的冲宗族谱，好像是生郎先生的父亲去见阳子女士的父亲时，相互交换信息后制作的。

秀树先生把家谱照片发给我，上面写着"昭和五十六年(1981年)一月"，应该是"淀号事件"发生后，又过了一段时间才整理出来的。族谱的祖先是冲宗和右卫门这一人物。冲宗和右卫门与生郎先生等广岛的冲宗一族之间的联系尚不清楚，但与秀树先生在电话里交流得知，和右卫门也是广岛人。

另外，听说阳子姐弟的祖父在福冈县经营五金店，那边的谱系和主要分布在关东、九州的冲宗有关。

族谱上没有看似千津子的人，但多少有一些中断联络后不知道去向的宗族成员，所以还是有这方面的可能性。先和生郎先生分享这个成果，也有必要跟他商量如何缩小范围。我向阳子女士保证："如果弄清楚了千津子身上的谜团，会联系你的。"之后，我们便离开了京都。

扩大了三倍的族谱；缩小范围

既然阳子女士提供的族谱已经向东西扩展，那么查找电话黄页时也应该从广岛扩展到全国。我调查了关东、中部、北陆、关西、四国、九州，以及广岛以外的中国地区的冲宗氏，共有四十人左右。引人注目的是，其中以爱媛县和福冈县居多。当中有八个人是阳子女士族谱中的，可以算作和右卫门谱系。我咨询了生郎先生，有七个人属于生郎先生的族谱，因此可以排除在外。

这时，爱媛县的冲宗氏引起了我的注意。福冈是冲宗一族的根源，阳子女士的祖父也在小仓经营五金店，所以这样分布并不奇怪，但分布在爱媛县却是个谜。虽然目前还没有证据表明千津子在爱媛县有亲戚，但为了调查清楚，我还是想掌握这一姓氏分布于此的理由。

与此同时，我也在用电话黄页以外的工具，扩大范围调查广岛的冲宗氏。其中一个原因是生郎先生提供的族谱以广岛县府中市为中心，缺乏市外的信息。既然决定去广岛，就必须把所有的冲宗搜罗出来，以免遗漏。

针对这种情况，有很多可用的工具。除了过去的新闻报道、Facebook 等社交平台之外，还能通过 Zenrin 公司的住宅地图查看各个房屋的门牌。而且，只要知道住址，就能通过登记信息在一定程度上查到是否仍在居住、有没有其他住所等信息。

运用这些工具是调查记者必备的基本能力，同时也用到了至今为止我在采访各类事件时积累的经验。

在这个过程中，我在 Facebook 上找到了一个住在广岛县的姓冲宗的人。对方得知我正在做一个姓冲宗的女性孤独死的报道时，便告诉我他住在县内的父亲是爱媛县出身。这是生郎先生的族谱中遗漏的一家。在计划去广岛的前一天，我在对方有空的白天打去了电话。见我对冲宗一族如此熟悉，对方很高兴地答应了采访。有一部分年长的男性似乎很喜欢研究家族血统和历史。我就这个话题请教，得知爱媛的冲宗氏的根源是他父亲，出身尾立。据说，战争期间，他被征兵，复员后在松山市经营矿山。他似乎是个相当了不起的人，领养了几个亲戚家的孩子，还涉足当地政界，逸事很多——他几乎把父亲一生的经历都告诉我。

遗憾的是，他没有听说过千津子和冲宗三姐妹，但我还是掌握了以爱媛为中心的冲宗氏的信息，填补了族谱上的空白。

我把调查结果分享给生郎先生，他也为这些惊人的进展感到兴奋。为了赶上我们第二天即将进行的广岛调查，他特意用 excel 重新制作了最新版族谱。在阳子女士的父亲遗留的族谱上，加上爱媛一带的谱系，已经扩大到最初的三倍以上。

在扩充族谱的同时，广岛县内冲宗氏的名单也完成了。彼时，没有记载到族谱上的共有十一人，其中有九人在广岛市内。所以，现阶段的结论是，广岛市内的冲宗氏不明之处最多，与千津子有关的可能性似乎很高。我想方设法制定了一个周末两天能走遍广岛县的日程表。

起初，只知道"姓冲宗的全国只有一百来人"这种模糊的信息，随着在制作族谱上取得的进展，将调查对象缩小到十一人。接下来只能祈祷实地调查能有好运气了。

（武田）

相册

2021 年 6 月

肖像照中的谜团

正如太田律师所说明的,遗体被发现时,公寓房间里不仅有现金,还有生活用品、家具等很多东西。然而,这些东西都对确定女性身份没有帮助。

保险证、养老金手册等,很容易确定一个人的身份,但有时物品也意外地"雄辩",比如只能通过邮购买的化妆品,刷信用卡购买的昂贵家电、贵金属,与他人来往的信件,快递单据等。然而,留在公寓里的物品都关联不到这名女性的身份,太不可思议了。作为一名调查记者,我耳闻目睹过事件发生时警察如何通过少量的物品推断当事人的身份。但很显然,这名女性似乎刻意不留下可以查明身份的东西,一直躲躲藏藏地活着。

但另一方面,房间里有一本相册和几十张照片。除了玩偶，主要是一对男女的照片，似乎是田中千津子和田中龙次。其中还有清晰的肖像照，可视为重要的个人信息。这又是怎么回事呢？

相册里的大部分照片都褪色了，没有一张像是近期拍的。照片上男女的容貌没有太大变化，应该是把数年间的照片汇集成册了。

仔细一看，大部分照片的白边上印有"富士彩色负片HR〇（数字）"。据富士胶片公司说，在1972年到1990年之间，当时主流的E尺寸胶片的白边上都印有富士彩色负片标志和年份。〇的部分如果是81，就说明照片是富士胶片系列的冲印店在1981年冲印出来的。

假设照片拍摄不久后就冲印出来，可以锁定大概的拍摄年份。最早的照片是1977年拍的，其次是1981年、1983年，最近的是1985年。至少可以得出，印字的照片是1977年到1985年之间拍摄的。

照片中出现了《产经新闻》，从报纸标志和版面来看，也可以验证上述结论。放大照片，可以看到横向的题字"产经"。经调查，《产经新闻》将题字定为产经是在1969年，而富士产经集团的象征标志"煎蛋标"出现要在1986年4月。照片上的报纸没有煎蛋标，所以可以推断是1986年4月之前拍摄的。此外，题字的左边还有诗一样的短句。这应该是延续至今的"晨诗"栏目。大阪版上刊登这首诗的时间是1982年年底，所以照片的拍摄时间可以认为是1982年年底至1986年3月。我通过缩微胶卷查阅了旧报纸，发现1985年5月16日的早报上有和照片上一样的标题。

时髦的女人，严肃的男人

房间里只有一本相册。如果身边只留着这个，对女人来说，拍摄那些照片的时期可能是她最怀念的。照片中，她都在微笑。

"很漂亮的人。"

这是我第一次看到相册中千津子的照片时坦率的印象。弓形的眉毛，驼色系的口红，头发蓬松地卷着。是新年参拜吧？有一张照片是在神社里拍摄的，她身穿卡其色的长大衣，围着棕色的皮草围巾，搭配了黑色手套和靴子。看起来很热衷打扮。在另一张照片里，她穿着高腰喇叭裤，看起来苗条又活泼。还有一张照片，她身穿深蓝色的过膝裙，披着一件淡淡的蓝灰色外套，看起来像公司职员。

此外，我留意她的手，发现左手无名指上有一枚简单的银色戒指，闪闪发光（参见第25页图片）。在其他照片里，她的右手没有戴任何首饰。如果这名女性就是田中千津子，几年后，她失去了右手全部手指。

相比于大部分照片里女性微笑着，男性则都是一本正经的。他的服装也多为灰色或淡蓝色的朴素式样。或许视力不佳，他戴着黑框或浅棕色镜片的眼镜。

在京都的知恩院拍摄的照片。照片的白边印有"83"，
可推测是1983年之前拍摄的

男性还有一张小小的黑白照片，像是二三十岁时拍摄的证件照。眼角有些下垂，左脸上有颗痣，眼睛、鼻子、嘴巴、耳朵、眉毛都和其他照片一样。衬衫外面穿着类似工装的衣服，是为了找工作而拍的吗？

虽然没有这对男女的合照，但是从相册里并列在一起的在同一个地点拍摄的照片来看，像是两人相互为对方拍的。明明能看出他们是一起出门的，但一张合照都没有，真是不可思议。如果有什么缘故使得两人无法合影，当初就不会把背景相同的照片贴在同一本相册里吧。

被认为是田中龙次（假名）的男性（照片部分处理过）

两人好像一同参观了兵库县川西市的多田神社和京都市东山区的知恩院等神社佛阁。我把照片拿给多田神社的神职人员看，对方告诉我，通过挂在门上的幕布等推测，照片大概是大祭日那天拍摄的。从同样的服装、拍到了樱花的照片（参见第75页）来看，可以推测是4月10日举办的春季例行大祭。

比较稀奇的是一张拍到了"猪名川飞碟射击俱乐部"招牌的照片。据网上的消息，这家位于兵库县川西市的飞碟射击场已经关闭。

从"Galant GTO-MII"推测到的信息

能不能从照片背景、两人周围的物品获得什么信息呢?

相册里最有可能成为线索的,是出现在 1981 年照片里的白色轿车——两人分别跟它拍了照片。引擎盖上的翼子板后视镜、四灯式前照灯——从复古的运动型的车身来看,确实很有年代感。要确定车型似乎不难。

然而,我对汽车一窍不通。武田的父亲非常了解机械,我用 Line 把照片发给他,他立即回复:"这不是三菱的 GTO 吗?"我查了一下,发现几乎所有特征都一致。这是一辆 1970 年代生产的汽车,现在似乎还有忠实粉丝。

果然内行看门道,详细情况最好问粉丝。于是,我向网上搜索到的"Galant GTO 爱好者俱乐部"发送了邮件。

仅仅三十分钟后,俱乐部的代表就回信了。

据这名代表介绍,照片中的车是"Galant GTO-MII",生产于 1970 年至 1971 年间。1970 年 11 月,这部车与丰田 Celica 一同作为日本第一批运动型轿跑车上市。运动型轿跑车听起来很陌生,我查了查,大概是指 1970 年代到 1990 年代在年轻人中流行的跑车风格的汽车。对出生于平成年代[①]的我们来说,这是种未知的风潮。

---

① 日本明仁天皇在位期间的年号,自 1989 年(平成元年)1 月 8 日至 2019 年(平成 31 年)4 月 30 日。

Galant GTO-MII。除此之外，还有女性坐在副驾驶位的照片，以及只拍摄了男性和车的照片

"虽然受到了年轻人的狂热追捧，但实际上买得起的都是三四十岁单身、有钱的时髦人士，是满足个人爱好的车，有家庭的人一般不会买。"他说。此外，从"大阪55"的车牌来看，可能是新车，也可能是使用年限不高的二手车。

因为很显然，"大阪55"的车牌是从1970年5月开始使用的，一直到1973年、1974年左右，才换成"大阪56"。

这么说，照片中的他们在1980年代前期开着1970—1971年上市的Galant GTO MII。车型已经落后了十年。对此，俱乐部代表谈了自己的感受："和现在不同，当时的汽车质量很差，而且设计也在不断进步，在1980年代左右开1970年代的 GTO，在我看来非常陈旧了。1980 年代，GTO 是少数派，在街上几乎看不到。"

我还向俱乐部代表询问了车的价格。MII 相当于中间等级，量产 1.6 万辆左右。高一等级的是 MR，据说只生产了 850 辆，可见稀有程度是多么不同。因此，生产于十年前的 MII 几乎已经没有价值了。

话说回来，通过俱乐部代表的话，能看到车主是一个怎样的人呢？

Galant GTO-MII 上市后不久，车主就购入了。这虽然是在年轻人中很受欢迎的轿跑车，但实际上买得起的都是三四十岁的单身人士。能看出他们在经济上较为宽裕，但选择了中间等级、量产的 MII，应该不是令人瞠目的富裕阶层。尽管如此，这点是不变的——这辆车是年轻人想要的那种车，也许就像代表说的那样，他们很"时尚"，也"没有家庭"。

而且，车主小心翼翼地开了将近十年。到了 1980 年代，在周围人看来，这是一种复古趣味吧。也许有些不合时宜，也许承载了他壮年时期的回忆。

毛绒玩具"阿丹"

女性留下的相册里，其中最引人注目的照片是毛绒狗玩具，共有二十张。我好像在哪里见过这个玩偶，但记不清了。在网上搜索"狗 毛绒玩具",没有找到一样的。于是,我把照片发给了熟悉古玩的(伊藤的)母亲。

没有收到有用的回复,就在我快忘了这事时,母亲给我发来一张玩偶的照片和信息。

"是很有名的玩具公司 Sun Arrow 出的。现在还有呢,不过爪子的颜色不是白色。"

是那名女性相册里的毛绒玩具!现在还在售卖的玩偶,爪子是棕色的,但无论怎么看都一样。

据母亲说,她正在断舍离,在最近沉迷的二手交易 APP 上搜索"昭和 玩偶 复古"时发现的。

据 Sun Arrow 公司说,狗造型的毛绒玩具名叫 Sandii(现在的商品名是 Sandy),诞生于 1983 年,是该公司继大受欢迎的幸运兔和麦克熊之后推出的系列产品。这个系列的总销量大约有 1000 万件,其中有一到两成是 Sandii。

从照片中的其他玩偶推测,Sandii 应该是高 57 厘米的 XXL 尺寸,和坐着的幼儿园小朋友差不多大。它穿着各式各样的衣服:蓝色的工装、黄色的围裙、白色的衬衫、刺子绣图案的甚平[①]……有的照片中,它身上还有小熊图案的小挎包和背包。就像打扮自己一样,她也很享受替玩偶穿衣打扮吧。

Sun Arrow 公司的董事长关正显说,Sandii 的衣服除了上

---

① 日本男性或儿童在夏天会穿的传统式样的家居服。

被命名"阿丹"的大型狗玩具；1980年代售价为9300日元

市时所穿的以外，并没有生产，也没有单品销售。因此可以推测，照片上的衣服是她给玩偶穿的儿童服装。

有的照片中有玩沙子用的水桶、铲子、洒水壶和足球，有的照片中玩偶乘坐在正面写着"阿丹号"的学步车（做成汽车或摩托车形状的骑乘玩具）里。遗物中还有一个钥匙扣，上面有一个写着公寓电话号码和田中阿丹的姓名牌。

照片中，玩偶身穿各式服装。还有和足球玩具、飞机模型等一同拍摄的照片（左）

写有田中阿丹的钥匙扣（右，照片部分处理过）

她的遗体被发现时，房间里有一张婴儿床——很难想象高龄女性会使用它，已经褪色的Sandii就放在上面。太田律师拍摄了遗体被发现后的室内状况的照片，以作证据。婴儿床是其中冲击力最大的（参见第49页）。

Sun Arrow公司的关董事长如何看待房间里Sandii的照片呢？"把玩偶珍藏了三四十年，这并不是什么稀奇事。也可以说，正因为很珍惜，才能保存那么久。玩偶如果不被好好照顾，就会腐坏，我想（这名女性）一直以来应该都特别疼爱这个玩偶吧。"

在Sandii的照片上，白边上印着的数字是"85"，也就是说，是1985年冲洗的。去世之前至少三十五年的时间里，她都和这个名叫阿丹的毛绒玩具Sandii一起度过。

孩子的照片

相册中的照片都是男女和叫阿丹的玩偶Sandii。在没有收进相册的约三十张照片中，有两张孩子的照片。

一张是黑白照，一个小学中年级左右的少年，身穿学生服戴着学生帽，站在一户人家门口。另一张是一个三四岁女孩的侧影，戴着报童帽，站在菊花前，笑得露出了酒窝。这张是彩色照片，但画质比现在的要差。

这个少年和这个女孩是谁？是田中千津子和田中龙次的孩子吗？无论是谁，考虑到她一直保留着照片，应该是很重要的人。

照片中的孩子们是否知道她孤独死去，成了无缘佛[①]呢？虽然很挂心，但眼下还没法调查。

无论怎么解读照片，都没办法查明身份。我们想得越多，疑问也就越多。

（伊藤/武田）

---

① 指去世后无人供养的人。

一路寻找"冲宗"

2021 年 6 月 19 日至 20 日

睡过头，事故；前景不妙

完蛋了。

一觉醒来，我看看表，快上午 10 点半了。和伊藤约好上午 10 点半在新大阪车站见面。再挣扎也来不及了，连打电话的时间都没有，我一边穿衣服一边发 Line 道歉，然后匆忙离开了家。

"明天终于要去广岛寻找千津子的亲属了。"这么一想，不知为何紧张了起来，一夜没合眼，直到清晨。正要睡着时，脑海里浮现出她的脸——相册里抱着 Sandii 的她，在车前微笑的她。我辗转反侧，怎么变换姿势也睡不着。渐渐地，我想放弃了——干脆熬个通宵。结果到了早上，迷迷糊糊的，发现自己呼呼睡过去了。

如果和我搭档的不是慢性子的伊藤，我恐怕早就遭人讨厌了。我总算赶上了 11 点多的新干线，预计 12 点半左右到达广岛站。我向伊藤道着歉，坐上了"希望号"列车，松了一口气。

但倒霉的事接踵而至。受当天上午德山车站（山口县）附近发生的煤气泄漏事故的影响，广岛—小仓的列车停止运行了。就像多米诺骨牌一样，我们乘坐的"希望号"也停在广岛车站前不能动弹。这一切都是因为我睡过头，真是太不巧了……

计划大幅变更，今天的采访对象改为三人。第一个人是生郎先生的族谱上所写的冲宗正明市议员的父亲，地址在广岛市南区。在租来的汽车上，我把地址输入导航系统，请伊藤随便放点音乐，然后发动引擎。

经过比治山旁，穿过广岛 Youme Town[①]，目的地位于县立广岛医院附近。从电话黄页上的地址来看是高级公寓，从这里出发步行即可到达。公寓有门禁，我按了房间号码，没有回应。伊藤找了信箱，没有找到姓名牌。看来对方已经不住在这栋公寓了。根据我们的经验，即便在这种带有门禁的高级公寓里打听，大多数人也不知道邻居的名字，只能放弃。

在平时的采访中，这样扑空的情况并不少见，但这次刚到达广岛就不顺利，我感觉前景不妙，心情沉重起来。

---

① 位于广岛市南区的大型购物中心。

一路寻找"冲宗" 83

要是能见到采访对象，即使和千津子没有关系，也能排除一个可能性，向前迈进一步。而见不到对方，也不确定对方是否住在这里，这种状况是最难办的，只剩下"可能是千津子的亲属"这一可能性。我用圆珠笔在清单旁标记了个"△"，收拾好心情，前往下一个目的地。

第二个人住在南区元宇品地区。具体是一个叫宇品岛的小岛，它与陆路连接，位于广岛港所在的宇品地区的南边。这个小岛是广岛市最南端。

在冲宗生郎二十多年前制作的族谱中，有注解说这家人经营着"冲宗钓具店"。在谷歌地图上找不到这家钓具店，很可能已经停业了。但无论如何，不去看看的话，就什么也判断不了。

大约二十分钟后，我们到达了导航显示的目的地。这是一栋普通的住宅，怎么看都不像钓具店。一楼和二楼好像住着不同的人，因为一楼的人不在，我们便上到二楼，看到一个像是西方国家来的外国人。我问他："您认识冲宗先生吗？"对方说不认识，也没听说过这个名字。

来到第二个目的地，连住过的痕迹都没法确认吗？如果这里曾经真的是钓具店，在周围打听一下，多少能有所发现吧。我和伊藤分头打听，或拦下附近的路人，或按门铃。

话说回来，像这次一样，询问对采访对象知情与否，只需对方简单回答是或不是的时候，我们不会提到千津子，或自称是大阪来的记者，因为没有意义。只要向回答知道的人说明情况就够了。临近傍晚，没有时间供我们悠闲地打听了。

几个人都回答不知道后,一个出现在玄关的高个儿女性应声:"是在问钓具店的冲宗吗?

"很久以前就去世了。我是外地嫁过来的,具体情况不怎么清楚。"

她的广岛口音让人安心。她说着"我记得好像就在这附近",特意带我们去看了附近据说是钓具店的旧址——已经成了废墟,找不到过去的痕迹了。

已经去世的话,就没办法了,但至少要弄清楚,曾住在这里的冲宗一家有没有孩子。我们简略地把事情告诉她——一个疑似名叫冲宗千津子的女性在尼崎市孤独死去,为了寻找她的家人,我们从大阪赶来,然后问她有没有线索。

"我丈夫是本地人,和市议会的冲宗议员从小就认识。等他回来,我一定好好问问,让他给你们打电话。"

谢天谢地——我和伊藤彼此看了看——没想到能遇见这么亲切的人,运气总算好转了。

原来下一个采访对象市议员冲宗正明曾住在这附近。那么关于钓具店的冲宗先生,也可以问问他。市议会议员的住址通常都是公开的,所以不可能不住在那里,只要时机不坏,肯定能见到他。考虑到这点,我们决定先结束这里的访问。

谢过那名女性,我们匆匆离开了元宇品。从这里前往冲宗正明市议员所居住的市内东北部的安艺区,车程需三十分钟左右。如果时间太晚,就不好意思按门铃了。我们走收费公路，一路疾驰，想赶在天黑前到达。

最糟糕的访问时间

下了收费公路，看到一块写着冲宗正明的广告牌。感觉来到了政治家的地界，我们有些紧张。

此时，我们还想到了选举受贿事件。因为知道他召开了记者招待会，堂堂正正地接受了采访，所以我想他不会回避我们。但不难想象，他恐怕连日来都被媒体追着跑。而且在前一天，也就是周五，东京地方法院刚刚对选举受贿事件进行了公审判决，前法务大臣河井克行被判有期徒刑三年。就记者采访而言，这是我能想到的最糟糕的时机。

我们到达冲宗正明的家，是一栋造型雅致的房子。我们犹豫了一会儿，不知该由谁来按对讲门铃。虽说不能一概而论，但通常女性比较不容易让人产生警惕。我推了一把伊藤的背："拜托你了。"

按下门铃，几秒钟后，有人应道："你好，我是冲宗。"太好了，他在家。伊藤简短地自我介绍，称是从大阪来的记者，随后问道："请问您的亲戚中有没有名叫冲宗千津子的人？"正明先生只答了一句"不知道"，随后又说"辛苦了，再见"，准备结束对话。

难得到了广岛，叫不能就这样结束，至少要取得一点成果，填补一些族谱空白，或是将可能范围缩小。我们既没弄清楚正明先生在族谱中的位置，也没有打听到经营钓具店的冲宗，想到这里，我立刻冲向对讲机。

"不好意思，请等一下。我们正在制作冲宗一族的族谱，特地来找您，能请您看一下吗？"

"欸，那你们等一下。"

正明先生似乎有些惊讶，过了一会儿，他穿着睡衣，披着睡袍来到玄关。好歹争取到了一线希望，我松了一口气。

这张族谱是和生郎先生一同制作的，已经非常长了，用四张 A4 纸连接起来的。正明先生扶着眼镜感叹道："太厉害了，做得真好啊。"接着，他的话变多了："其实，我们家亲戚不多，毕竟这个姓很少见。家里的孙辈根本不知道这些，得告诉他们啊。"他似乎对族谱很感兴趣。

我依次列举了迄今为止采访过的"冲宗"，也谈到了在广岛的调查进展。正明先生睁大眼睛，再次发出惊叹："了不起，调查了这么多吗？"他还告诉我们，今天拜访的第一个地址就是他父亲的住处，他已经从公寓搬出来了，所以没有居住痕迹。

之后，正明先生指着族谱，把他知道的关于家族的一切都告诉了我们。

首先，正明先生的母亲照子女士，也出身于冲宗家，与丈夫（也就是正明先生的父亲）是远房亲戚。照子女士的娘家没有包含在生郎先生的族谱中，是新的线索。据说，经营钓具店的冲宗先生也是她的亲戚。他没有孩子，继续追下去没有意义。另外，正明先生的父亲是独生子，所以不可能有千津子这个姐妹。

我一边将正明先生列举的名字写进族谱,一边放下心来,他能出来接受采访真是帮大忙了。多亏了他,我们才能更新大量广岛市冲宗家族的信息。

听他说的过程中,我在意起照子女士娘家的人。他说照子女士有兄弟姐妹,但他不太愿意谈论这些。

"母亲今年4月去世了,没来得及听她详细说。"

我们开始采访的两个月前,她还在世。要是早点留意到官报就好了……我为错失时机而感到后悔。

"如果您方便的话,请帮忙查一下户籍。因为有这种可能性,而且族谱也快完成了。"

在我的拜托下,正明先生答应下周一去政府机关查一查。他似乎也认为这是调查自己亲属关系的好机会。

慎重起见,我把千津子孤独死,留下了遗产,以及代理律师正在寻找遗产继承人的情况大致告诉了他,并请他用手机拍下太田律师的名片。互换联系方式后,我们就道别了。

在去市中心旅馆的路上,正明先生打来电话。伊藤接起电话,问:"您是想起什么了吗?"原来,他接到了元宇品的发小的电话。是接受过我们询问的那名女性的丈夫,他热心地联系了正明先生。说明原委后,正明先生很惊讶:"你们都打听到这一步了?"我们约定以后再联系,挂断了电话。

已故的照子女士不愿意谈论兄弟姐妹,这让人有些在意。这背后是否有什么深意,仅凭正明先生的话也不得而知。

"要是查出来是正明先生的亲属就好了。"

"能这么顺利吗?"

我们在车上聊着,心情轻松了几分。从出发起就麻烦不断,一度担心不会有什么成果,但是在元宇品遇到的当地女性热情地帮助了我们,正明先生最终也从玄关走出来,告诉了我们一些详情。回旅馆的路上,我们都感到神清气爽。

翌日,在广岛调查的第二天,我们走访了市内西部——有几户人家集中在同一区域,四十公里左右外的吴市南部,以及广岛市北部,一共走访了五户人家。虽然范围很广,也耗费了不少体力,但没有打听到与千津子有关的信息,只是多少填补了族谱上的空白。

回市中心的路上,我们在暮色中行驶,回过神来才意识到,从读到官报开始,我们已经走了这么远。一阵不安向我袭来,会不会哪里搞错了?

我不禁想起学生时代读过的小说——卡夫卡的《城堡》。主人公是一名测量员,被委派到"城堡"工作,但无论过了多久,他都无法接近那个"城堡"。

他能看见"城堡",但看不真切,雾里看花一样,好像从一开始就不存在似的。他最终都没能到达"城堡",故事就这样结束了。

我们也只是在追逐自己的"城堡"吗?

我们还了车，吃过晚饭，离最后一班回大阪的新干线还有一点时间。"难得来一趟……"在伊藤的提议下，我们去了和平纪念公园。这次的调查之旅最终也没能找到千津子的家人。伊藤接下来要参与原子弹爆炸纪念日当天的采访，而我也不知什么时候能再来广岛，一时半会儿看不到这里的风景了。

在灯光的照耀下，原爆圆顶馆[①]浮现在黑暗中，散发出奇异的魅力。我们就这样盯着穹顶看，没有说话。如果千津子真的是广岛人，她也凝视过这座建筑吧？如果有，那是一种什么样的感觉呢？想着想着，我渐渐对少之又少的调查结果不那么在意了。

明天是星期一，要暂时忘掉千津子，回归日常的工作。喝完罐装啤酒，我们调整心情，踏上了回大阪的路。

（武田）

---

① 位于广岛市中心的被爆建筑遗址，被作为纪念物保存，1996年被联合国教科文组织列为世界遗产。

身份弄清楚了

2021 年 6 月 21 日

"千津子是我的姨母"

调查回来的第二天是周一,轮到我值班。昨天和伊藤在广岛奔波,是真实的吗?不知怎的,我没法投入工作,一直在打发时间,等着下一个记者来换班。

其间,趁着还没忘,我把千津子留下的"田中龙次"的照片和神秘的少年与小女孩的照片用 Line 发给市议会议员冲宗正明先生。在广岛的家门口,他没有时间慢慢看照片。希望他对照片里的人有印象。

下午我没什么特别的计划,决定去中之岛的大阪府立图书馆查阅过去的新闻。去广岛前,我优先查阅了冲宗这个最关键的词,还没来得及慢慢研究之前调查中发现的其他专有名词。

我用图书馆配备的电脑启动《朝日新闻》《每日新闻》《读卖新闻》这三家全国性报纸的历史报道数据库。首先，我搜索了"冲宗铁工所"——这个词记载在生郎先生最开始的族谱上，在广岛的第二天我们去找过，但没找到——还是没有任何线索。

接着，我脑海里浮现出另一个关键词，是千津子的照片中出现的兵库县川西市猪名川飞碟射击场。在另一张可能是同一天拍摄的照片上有"田中龙次"，所以那张射击场的照片应该是他拍的。照片上，身穿牛仔裤的千津子背对着写有"猪名川飞碟射击俱乐部"的招牌，双手背在身后，面露微笑。飞碟射击可能是"田中龙次"的爱好。

我先在谷歌上搜索，发现这家射击场于1964年开业，1989年关闭。据说，停业是因为发生了枪支失窃事件。1990年代，射击场旧址发生了火灾，成了一片废墟。之后，那里成了废墟爱好者们熟知的景点。上述信息是网上的，可信度不明。

照片应该拍摄于1981年，射击场还在营业，这点基本上可以肯定。可如果那里已是一片废墟，也就失去了调查的价值。以防万一，我还是在历史报道数据库里搜索了射击场，但并没有发现特别值得一提的线索。

最后没什么可查的了，我只好放弃，离开了图书馆。正当我准备去附近的咖啡店坐坐，手机响了。一看屏幕，是前天刚见过的冲宗正明先生。

"你好，我是冲宗。我确认过户籍了，千津子是我的姨母。"

我一时说不出话，握着手机的手颤抖起来。
在我的沉默中，正明先生开始了说明。

四姐妹

"太感谢您了。

"其实，上周六见面聊的时候，我就想'咦，说不定……'，但因为您是媒体记者，我不能乱说。今天我去了市政厅，查了户籍，事情就很清楚了。千津子是我母亲的妹妹。

"母亲是四姐妹中的长女，千津子排行第二。三女儿和二女儿年龄相差不少，现在还活着的只有她了。"

四姐妹！记录千津子生前对话的病历上写着"来自广岛，有三姐妹"，原来是"除了我之外，还有姐妹三人"的意思。证词是真的。感觉就像点与点终于连成了线，我不禁打了个寒战。

正明先生还说到上午我用 Line 发给他的少年的照片："真的吓了一跳，那是我弟弟。"

原来，黑白照片上的少年是正明先生的弟弟。这几乎可以肯定，千津子就是正明先生的姨母。她一直保管着外甥的照片和冲宗印章，直到最后。

关于遗物中的另一张照片，也就是小女孩的彩色照片，他说："大概是三女儿的女儿吧。"另外，他对照片里的男性完全没印象。

话说回来，还出现了一些令人费解的信息。确认过户籍，他发现千津子的出生年份和我们告诉他的不一样。正明先生说，他在市政厅确认户籍后，第一时间给太田律师打了电话。对于出生年份的差异，律师似乎也很纳闷。

"这件事会让人思考：人生是什么。"
通话结束时，正明先生在电话里嗫嚅。

年龄竟相差十二岁！

通话时我无暇坐下，一直靠在桥栏杆上。挂断电话，我很想立刻告诉伊藤，但又想先确认真伪，于是打电话给太田律师。

"我吓了一跳。老实说，真没想到你们能找到。"太田律师听起来也很兴奋。从广岛回来的那天晚上，我发邮件告诉他，调查结果并不理想，所以接到正明先生打来的电话时，他也没有特别期待。

"多亏了您，终于能确定继承人了。"太田律师继续高兴地说。

"记者可真厉害呀。我刚才还笑着跟办公室的事务员说，与其花大价钱雇侦探，不如一开始就找记者呢。"

听到这样的玩笑，我的表情也放松下来。

太田律师插了一句："但是，出生年份早了十二年……"

正明先生提到的出生年份的差异，竟然有整整一轮！如此大的差别，真的能断言身份已经弄清楚了吗？是不是应该考虑这个可能性：同名同姓的另一个人？我问太田律师的看法，他说："虽然出生年份不同，但出生月份和日期是一样的。目前我认为我们要找的人就是这个户籍上的人，准备办理继承手续。"

"我也是第一次像这样查明行旅死亡人的身份，也是边学边做。"

之后，正明先生通过电子邮件发来户籍照片。从照片上看，千津子的出生年份是"昭和八年（1933年）"。正如太田律师所说的，出生月份、日期和养老金手册上的一样，都是9月17日。就是千津子本人，这样考虑才是自然的。不知为什么，她把年龄往小报了十二岁。

我把照片拿给伊藤看，她说："千津子长得很漂亮，在工作的地方大概没人注意到吧。"

我想起锦江庄的房东宫城阳菜一家的证词。

宫城女士和女儿异口同声地说"她满脸皱纹，走路摇摇晃晃的""听说去世时75岁，比我们想象的要年轻"。她们的直觉是对的。那个被认为是74岁的人，实际上已经86岁了。70多岁和80多岁，在外表上肯定很不一样。"满脸皱纹""走路摇摇晃晃的"，她们的这些描述准确地戳中了真相。

邮件里还附了一张少年的黑白照片，他用箭头标记并说明："我弟弟。"仔细看，和遗物中照片上少年的脸一模一样，背景也完全相同。刚看照片时，原以为少年的真实身份会成为谜团，竟然这么容易就解开了。

揭开真实身份后，又出现了新的谜团。

孤独的千津子为什么一直保存着外甥和外甥女的照片？又是什么时候得到这些照片的呢？

"身份弄清楚了"是采访的起点

到了这一步，法律上该走什么程序呢？傍晚，我发邮件询问太田律师，才知道他已经向尼崎市政府咨询程序了。

对方回复，死亡事实不登记在当事人的户籍上，就不能办理继承手续，所以先让警方调查，必须由他们向市政府提交"户籍判明报告书"。

太田律师已经与警方取得联系，并再次把信息交给发现千津子遗体时负责调查的刑警。从警方那里听到的是，为了科学地鉴定遗体是否真的是冲宗千津子，也就是正明先生的姨母，县警的科学搜查研究所（科搜研）将实施DNA鉴定。

为此，必须提取两名以上在世亲属的 DNA，而死者的 DNA 由警方保管着。之后，正明等亲属要和警方联系。只有确定了遗体是千津子后，死亡事实才能记入户籍。

至于对县警相关人员和刑警的采访，因为想以手续为先，所以希望暂时不要采访。如果没有太田律师的协助，这次采访根本无法开始，这种程度的请求我们完全答应。负责的刑警听说是记者查明了身份，也吓了一跳。

另一方面，令人遗憾的是，由于千津子的身份几乎已经查清楚了，继承人也已经确定了，作为律师今后将履行保密义务。太田律师向我们表明心境："你们立下了这么大的功劳，今后却要公事公办，我很过意不去……"他还说，希望今后能通过正明先生交换信息。太田律师有身为律师的立场，这是没办法的事，但要通过别人来交流，对我们这些采访者来说很难办。如果是一个理性的、善于整理信息的律师，只要利害关系一致，就能理解记者的意思，不会把传闻和事实混为一谈。但很多人并不像律师那样善于应对采访，而且比起理性，关系更成问题。通俗地说，如果正明先生不愿意接受采访，这件事我们就不会得到更多消息。我很担心今后采访是否能顺利进行。

对太田律师来说，只要查清楚了千津子的身份，剩下的就只是完成他作为遗产管理人的工作。但是，我们感兴趣的并不是谁可以继承多少遗产。

千津子为什么不得不隐姓埋名地活着？我们想走近她的

人生,哪怕一点点也好。查明她的身份后,我们终于站到了采访的起点。

(武田)

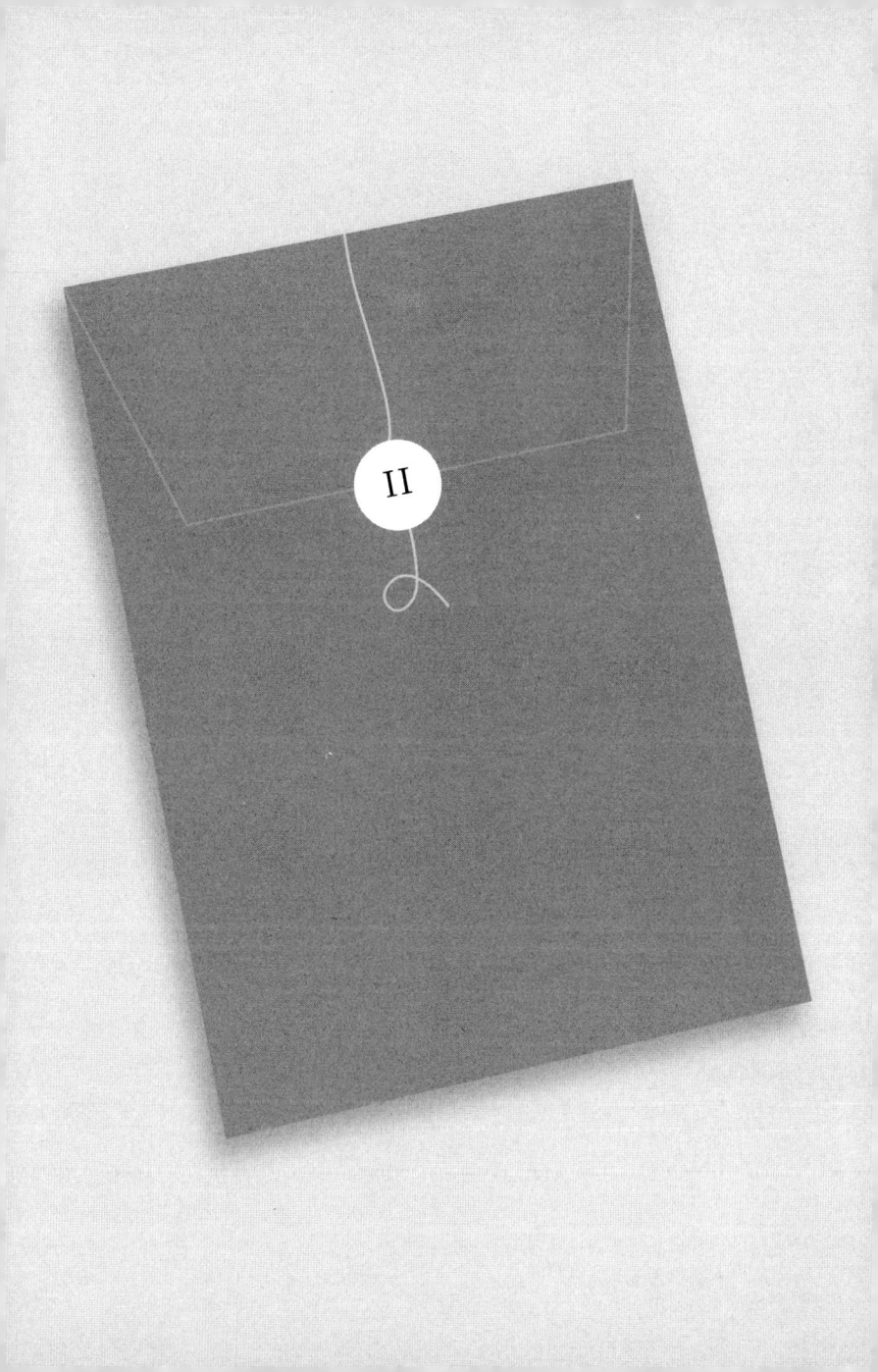

II

面影

2021 年 7 月 17 日

所谓"追寻逝者的人生"

7月中旬,我和伊藤再次坐上了前往广岛的新干线。迷迷糊糊之中,我想起了半个月前和真下主编的对话——

"能查明身份,真了不起啊。没想到你们竟然去了广岛。因在意官报上的公告而开始采访,这对记者来说是很不错的切入点。"

大致查明身份后,我们有了写报道的信心。6月底,我们约了共同社大阪社会部的主编真下周在工作地附近的咖啡店见面。在大阪社会部,他的资历最深,现在是网络报道的负责人。听我粗略地说明采访经历后,他先是流露出不错的反应,但毕竟身经百战,停顿了片刻后,便开始了细致的追问。

"但是 DNA 的鉴定结果还没出来吧？还不能说身份已经确定了吧？"

"嗯……我认为十有八九是对的。如果不对，一切又回到原点了……"

"谎报出生年份是怎么回事？有什么理由吗？"

"理由还不清楚。明明是 1933 年 9 月出生的，却说自己是 1945 年 9 月出生的。我推测，说不定有什么理由让她不得不谎称自己是在 1945 年 8 月原子弹爆炸后出生的。"

"你是说，这背后有歧视原子弹受害者的问题？"

"现在还只是推测……"

"嗯……如果报道中不涉及一些易懂的社会问题，很难成为一篇向社会提出问题的报道。虽然故事很有意思……"

很严厉的问题。完全戳到了我们的痛处。看来，短时间内是无法写成报道了。如果不继续深入采访，似乎不太可能说服真下主编。

只要主编不说发表，记者的稿件就不会公之于世，这是我们这一行最基本的规矩。我和伊藤面面相觑，会和以前一样，能否写成报道的暧昧状况看来会持续一段时间。

尽管如此，真下主编在提了一大堆问题后这样对我们说：

"但是，仔细追寻逝者的一生，我认为确实是很重要的工作。真不愧是你们啊，佩服。我很期待，有了进展再告诉我吧。"

追寻逝者的人生。

在新干线的车厢里,我琢磨这句话。

对死者进行调查,其实是我们记者非常熟悉的工作。比如记者围绕事件、事故、灾害中的死者展开采访,将他们的生平写成报道。多数情况下,采访对象是他们的家属或朋友,也会将逝者留下的私人物品作为资料。

可无论怎么尽力采访,都无法重现一个人生前的模样,即使想刻画那个人的个性,不同的见证人看到的面貌也是不一样的。就像追逐夏天的蜃景,你能看到一个影子,但永远无法触及。身份不明的行旅死亡人更是如此。

但是现在,我在尝试着了解死者。我想要了解她。

在死这一无法撼动的事实之上,我们想一点点地拾取、连接、描绘那些曾经确确实实存在的生之轮廓。我们想做的是,触摸每个人有且仅有一次、独一无二的人生。

无论是在路上擦肩而过的人,还是在电车上短暂相邻的人,都有各自要讲述的故事,也都有各自曾经历的风景。

有关"年轻姨母"的回忆

到达广岛车站后,像上次一样,我们在车站前的租车店里租了一辆车。目的地是冲宗正明市议员的家。协助我们调查冲宗氏的冲宗生郎先生也会在那里,我们四个人终于聚在一起了。

上次来广岛调查，和正明先生只是站着聊了几句。之后，虽然断断续续地通过电话，但还是希望能面对面坐下来聊聊，请他再次协助采访，毕竟太田律师提出"希望今后的采访能通过继承人正明先生进行"。

我把车停在正明先生家门前，一个戴眼镜的小个子男性走上前来。他就是冲宗生郎先生。他亲切地向我们点头致意，和通话时给人的印象一样。寒暄了一番后，我按下门铃。

穿酒红色衬衫的正明先生出来迎接我们，把我们领进宽敞的客厅，里面摆着一张大沙发。也许是因为这房子很气派，我不由得紧张起来。

"我在想家里有没有千津子年轻时的照片，便四处找了找，但没找到。"

然后，正明先生开始慢慢回忆与姨母有关的往事。我们一边翻看遗物中的照片，一边讲述迄今为止的采访结果：千津子一直生活到晚年的地区是什么样的，她住的是什么样的房间，等等。正明先生饶有兴趣地听着。令人遗憾的是，家里没有留下有关千津子的照片和信件，但正明先生幼年时的记忆应该能够成为线索。

据正明先生说，千津子和她的姐姐，也就是正明先生的母亲照子，战后曾一起在"专卖公社"的广岛工厂工作过一段时间。

"我记得她们好像一起去参加过员工旅行……"

证词有些模糊，但也没办法。正明先生出生于 1951 年，"战后的一段时间"具体指的是哪个年代他并不清楚。如果是 50 年代，当时他还不满 10 岁，很少有人能保留清晰的记忆吧。

日本专卖公社，是过去国家烟草和盐的专卖公司，民营化后，由日本烟草产业公司（简称 JT）接管。学生时代曾听南区的朋友说过，广岛工厂位于广岛市南区皆实町，其原址在现在的超级市场广岛 Youme Town 之上，所以立刻想起来了。我们上次在广岛调查，去宇品地区时，正好开车从市场旁经过。

战后，千津子姐妹似乎住在市内南部的宇品地区，离专卖公社很近。姐妹俩很有可能一起工作过。

"路过工厂附近，还能闻到烟叶的香味呢。"正明先生貌似很怀念。

不过，听他接下来的叙述，千津子好像只在那里工作了一段时间。那之后，姐姐照子继续在专卖公社工作，还参加过退休员工交流会。只是后来渐渐疏于走动，过去的同事里没有正明先生认识的。

"要是在她去世之前问清楚就好了。我也问过父亲，但他可能忘了，说什么都不知道。"

照子是在千津子去世一年之后，也就是 2021 年 4 月去世的，就在我们开始采访的两个月前。虽然很不甘心，但仔细一想，那个时间侦探正好在尼崎附近调查。就算想早点开始，在侦探的调查结果出来之前，太田律师可能也不愿意接受采访。这也算是机缘巧合吧。

在正明先生的记忆中，曾经有一个姓桶田的男人来他家找过千津子。

"也许是交往对象。是什么样的人，完全想不起来了。"

究竟是什么样的关系呢？如果只有桶田这一信息，就无从查起。

此外，从户籍上知道的最令人惊讶的信息是，千津子没结过婚。多年来，她自称田中，但在法律上，她并未与田中龙次结婚。

之后，正明先生还提到，他上中学时，也就是1960年代中期，他记得和母亲照子在大阪见过千津子。当时，千津子大约30岁。这是正明先生关于千津子最后的记忆。

这一事实与她23岁（按真实出生年份计算，实际是35岁）离开广岛前往关西的证言相符。然后，直到某个时期为止，她都和姐姐照子保持联系。这也解释了为什么她会有外甥的照片。

如此一来，桶田就牵扯进来了。我们合理推测，千津子去关西后发生了一些事情。也就是说，她在搬到关西后的某个时期和姐姐照子中断了联系。通过正明先生所说的"在大阪见过面"的证词，以及从戒指照片（参见第25页）中可以看到的从京桥站出发的月票,都能推测她在大阪住过一段时间,然后从1982年3月开始住在尼崎。我只能认为,从大阪到尼崎的期间,一定发生了什么。

大逆转?!

那么,千津子的DNA鉴定有进展吗?我询问正明先生,他说:"太田律师没告诉您吗?好像不一致。"

"什么?不一致?!"我们异口同声地小声惊呼。

"兵库县警察说,查了千津子妹妹的DNA,结果不一致。我觉得不太可能。据说,接下来要查我们兄弟的DNA。"

正明先生若无其事地说道,这明明是应该惊讶的事。如果遗体不是千津子,所有的前提也将不存在。我急忙走出玄关,拨通了太田律师的电话。

"抱歉,周末还打扰您。听正明先生说DNA不一致?"

"不好意思,我没有通知你。据刑警说,他们查了遗体和冲宗四姐妹中三女儿的血缘关系,得出了'不是同胞'的结论。"

"'不是同胞'是什么意思?"

"不是同一个母亲所生的孩子。"

不是同一个母亲所生的孩子?我快要晕过去了。

但是,住在尼崎锦江庄、自称田中千津子的人,与冲宗家的联系清晰地反映在遗物印章上，对此太田律师也没有怀疑。

"以前户籍什么的很随便，可能多少有些误差。也可能有DNA鉴定的准确度等问题。接下来要搜集正明先生等人的DNA做更详细的调查，再等待结果。"

看来鉴定也不会很顺利。干劲满满地想要追寻逝者的人生，但话说回来，无法确定追寻的逝者是谁，就会一筹莫展。

三女儿明子的记忆

这之后，我们打算去千津子的妹妹，也就是冲宗四姐妹之三女儿明子（化名）家。我们事先从正明先生那里要到明子女士的电话号码，在出发来广岛的前几天给她打了电话，问到了她的地址。

明子女士居住的东广岛市距离这里约三十分钟车程。下了高速公路后，云层变厚，天空变得阴暗起来。

我们在没有信号灯的山路上行驶了一阵子，终于到了明子女士居住的独栋房子。房子里有个身影一直盯着外面，应该就是她。也许是因为天空阴沉，我感受到了从其他房子里投来的像监视闯入者一样的目光，心情莫名沉重起来。记得刚开始工作时，我等警察干部回家进行采访，也就是第一次"夜袭"时，感觉周围的人都好像在盯着我。我想起了当时心里的不安。

我按了门铃，没有人回应，便又敲了敲玄关的门，明子女士才出来。也许是因为有年龄差，她看起来跟千津子不像，我又想起了DNA鉴定结果不一致。

之前在电话里约好今天访问，但她好像不记得了，并且一副警惕着可疑人物的样子。因此，我们不得不站在门口说话。

她已经八十多岁了，但背依然挺得笔直。我想让她看看千津子的相册，但她说着"我知道你们来一趟不容易，但不用了"，拒绝了。她对我们也许还有戒心。

但她还是说道："我和千津子是好朋友，以前经常一起玩。"对话总算继续进行了。她告诉我们，千津子是在她16岁时离开家的。

"她善于交际，脑子好使，人也漂亮。她是我们姐妹中最聪明的。"明子女士继续说。"漂亮"这一点我们很清楚，但"善于交际"这话让我们很吃惊。至少，她在晚年过的应该是完全相反的生活。

据明子女士说，和千津子关系最亲密的还是长女照子。的确，次女千津子和三女儿明子相差了七岁。不过她重申"我们四个都是女孩，感情很好""爸爸妈妈对我们也很好"。

但无论是"善于交际""漂亮"，还是"感情很好"，这些都只是印象罗列，很难依靠这些信息建立一个特定的人物形象。

正因为如此，记者在撰写逝者为人的报道时，一定要有一些"故事"。对受访者来说，逝者生前是什么样的人？如果是一个善于交际的人，有没有具体的逸事可以说明她善于交际？这样的故事累积起来，这个人物才能成形。而且每个故事都能说明死者曾生活的特定年代，以及与证人之间的特定联系。

遗憾的是，也许因为是半个多世纪前的往事，明子女士并未提及任何具体逸事。

据说，她就读的小学位于吴市的川尻町。伊藤接着问："您还记得小时候是在哪里度过的吗？"她答道："我们在一个叫Koyou的乡下地方。"看来，川尻町有一片名叫Koyou的土地。

明子女士婚后搬到了东广岛，现在丈夫去世了，长女和长子都已经独立生活。说到长女，我立马拿出千津子遗物中女孩的照片给她看。

"这是您的长女吗？"

"是的，她小时候。"

果然，照片里神秘的少年和女孩分别是千津子的外甥和外甥女。感觉缺失的部分开始填补，我有些兴奋。只是不知道明子女士是不是无法切实感受到千津子的晚景和孤独死的事实，似乎对照片的存在没有感到特别惊讶。

我问她照片是在哪里拍的，她说："我不知道，不过问问大女儿也许就知道了。"她立马帮我们打电话，我们等在一旁，然后换我们接电话。

我接过电话，匆忙打过招呼，然后简单地说明我们是记者，为了调查在尼崎孤独死去的明子的姐姐而来到广岛。但不知为什么，故事有些合不上。我说她是四姐妹中的二女儿，对方反驳道："不是的，我妈妈她们是三姐妹。"

不，不是的。我们认真确认过户籍了，先不管 DNA 鉴定结果如何，冲宗姐妹是四人，这一点应该没错。也就是说，外甥女完全不知道千津子的存在？

可是，仔细想想，如果一直以来被告知是三姐妹，但被素不相识的陌生人说"不对，是四姐妹"，而且还是在电话里，恐怕很难相信，只会起疑心吧。

没办法。我把电话还给明子女士，然后向伊藤说明情况，打算问完剩下的问题就回去。与此同时，明子女士对着电话那头说："三姐妹？不对，我们是四姐妹，下次我慢慢告诉你。"

最后，她告诉我们，千津子去大阪后，她们既没有见过面，也没有书信往来。她听说千津子在大阪的国营公司找到了工作。Koyou 是母亲的娘家，姐妹俩在原子弹爆炸时也住在那里，没有看到爆炸的烟雾。至于带有星形标志的项链，她没有印象。

临走时，我问："这么长时间没有见姐姐千津子，您想念她吗？"

"我们姐妹，感情很好。"

明子女士又重复了一遍。对她来说，和千津子有关的记忆大概止于四姐妹关系亲密的童年时期。我和伊藤相对无言,在雨中返回广岛市。

通常情况下,采访死者家属对了解死者的性格有很大的帮助。但无论是正明先生的话,还是明子女士的话,都无法建立起千津子的形象。总之,即便是家人,但已有半个多世纪没有交流了。尽管听了证词,脑海里也只隐约浮现出轮廓而已。那轮廓十分朦胧,一触即逝。

有什么更确定的东西。我们需要更确凿的证据,证明千津子确实在广岛生活过。

(武田)

少女时代

2021 年 7 月 18 日

熟人接二连三地出现

我们在调查从明子女士那里听来的地名 Koyou 时,发现广岛县吴市川尻町有个叫小用的地方。

我们不知道那是一个什么样的地方,也不知道那里有没有和四姐妹有关联的人,姑且决定第二天去看看。千津子在那里度过了少女时代,我想找一些过去的痕迹。我们干劲十足地迎来了早晨,外面却不巧地下起了雨。

小用是面朝濑户内海的港口城市,以渔业和海运闻名。从广岛市出发,驱车一小时左右,右手边出现了一个巨大的造船厂,濑户内海在眼前铺展开。

外面下着倾盆大雨,沿海边一字排开的小船在风雨中剧烈摇晃。这种天气,路上一个行人也没有。兼顾避雨,我们进入一家汽车餐厅。幸运的是,吃完午饭,雨停了。天空从云层中露出来，濑户内海也终于真正变得湛蓝了。

我们开始"问询"。

所谓的"问询"，是指以有限的信息为线索，向各类人打听事件、事故的相关人员和目击信息等，是媒体经常使用的"走访问询"一词的略语。顺带一提，在关东被称为"地取"。这原本是警方用语。

眼前就是濑户内海，道路两旁是鳞次栉比的住宅，后面的山坡上也盖着许多狭小的民宅。我们决定分头行动。我走的是一条汽车无法通过、行人面对面也只能擦肩而过的小路。而且这路像迷宫一样，四处都是路口，不出一分钟，我就感觉迷路了。没办法，姑且抓到什么是什么，只能四处转转。

第一家和第二家都没有回应。我按下第三家的门铃，也无人应答。它隔壁的房子没有门铃，于是我大声喊道："打扰了！"这家也没有回应。话说回来，我还没有遇到任何人。这里真的有人在住吗？

到了第五家，终于听到了人声，我松了一口气。

"我是共同社的记者。请问您认识以前住在这里的冲宗家吗？"

开门的是一个四十岁左右的女性。

"很抱歉，冒昧打扰。这一带以前住着姓冲宗的人家，请问您知道些什么吗？'冲宗'是冲绳的'冲'和宗教的'宗'。"

广岛县吴市川尻町小用。遗憾的是，去的那天在下雨（上）

小用的住宅区。如同狭窄的迷宫（下）

女人沉思了一下，喃喃道："我妈妈可能知道。"于是朝屋子里大声问："妈妈，出来一下，你知道冲宗家吧？"好像真的知道些什么。

"以前好像是有一家姓冲宗的。那边有一家姓中土井的，他们可能知道得详细些。"

我按她说的，先直走，下一个路口左转……我沿路往前走，却怎么也找不到中土井家，看来又迷路了。

就在这时，身后传来一个女性的声音："您找到了吗？"是刚才那名女性。

"对不起，我迷路了。"

"我想也是呢，还担心来着。"

女人笑了起来。她的善意让我深受感动。在女人的指引下，我顺利找到了中土井家，按下门铃。

我向走出来的中土井久江说明了情况，她说："千津子啊，我知道。以前明子她们姐妹住在这边。"

中土井比千津子低一个年级，曾在同一所国民学校上学。没想到这么快就找到了认识千津子的人。

她还说："她们家的亲戚就住在附近。"

我难以抑制内心的兴奋，掏出手机，用 Line 向武田发送了自己的位置信息和"快过来"的消息。

平时从不着急，也不跑步的武田，竟然没有迷路，沿着狭窄的小路跑了过来。

中土井带我们去千津子亲戚家。在路上，我给她看了千津子的照片。

"这就是千津子呀！我好长时间没见她了，她去哪里了？"

照片上的人果然是千津子吗？七十多年没见，中土井女士还记得她的脸。也许那面容还残留着少女时代的影子。我们朝着阳光下波光粼粼的濑户内海走去，中土井女士继续说道：

"千津子是个很好的人。大家都'小千津''小千津'地叫她。亲戚就是这家姓中下的，那我就送到这里了。"

说完，中土井女士顺着来时的路回去了。

探访千津子娘家的遗迹

千津子的亲戚就住在濑户内海前，邻近我们停车的地方。

给我们开门的是中下雪江女士。她的丈夫是松美，松美是四姐妹的表弟，他父亲是四姐妹的母亲幸的哥哥。我们把冲宗生郎先生更新的族谱拿给她看。

她佩服地看着说："真了不起，我们家松美的名字也在上面呢。"

我向她说明了千津子的情况。

"我没听说过千津子。我丈夫现在不在家，我问问他。"

她一边惊讶地说道，一边用手机打电话给松美先生，但他说他也不知道千津子在哪里，是怎么生活的。

四女儿千束生前，雪江一直和她互寄贺年卡。四姐妹的母亲幸出生在小用,长大后决定和四姐妹的父亲笔助结婚,便嫁到了广岛市,不久后全家又都搬回了小用。四姐妹离家后,笔助去世,幸独自生活。虽然可能性不大,但我还是问了:"她们的房子还在吗?"

"就在上面呢。其实,二十年前我们家从冲宗家把房子买了过来。那边有一口井,我们想用来种花、洗衣服。"

我和武田对视了一眼,问:"我们能去看看吗?"

面对我们突如其来的请求,雪江女士爽快地答应:"当然,请吧。"

我们暂时离开中下家,再次走进迷宫般的小巷。按照雪江女士说的,打算找地里有水井的房子。

"这里有井。"

"这家也有……"

有水井的人家比我们想象的多。糟糕,应该问问除了水井以外的其他特征。

我们沮丧地返回,坦白说没找到。

"对这一带不熟的人,是会迷路呢。"

雪江女士笑着说道,然后拿起了阳伞。我们接受了她的好意,让她带我们前往。小用人的善良真令人感动。

"就是这里。"

雪江女士指着一栋被绿色植被覆盖的房子。这是我们一两分钟前经过的地方。完全看不出入口在哪里。但确实有地,也有水井。

千津子曾居住过的老家（中）。长满了葛藤和牵牛花

我们踏过夏季繁茂的杂草，打开铝合金门走进去。门口勉强能站两个人。藤蔓已经侵入屋内，地上散落着断枝和枯叶。墙壁和天花板已经剥落，柱子裸露在外面。

进门就是厨房吧，水龙头和架子还在，但水槽等都不见了。屋子很简陋，里面只有两个房间，一个六叠，一个四叠半。有种不真实的感觉，很难想象千津子和父母、姐妹们在这里生活时的场景。

脱落的玻璃拉门和千津子去世时所住的兵库县尼崎市公寓里的东西很像，让我觉得不是第一次来。

千津子的同学出现了

我们和雪江女士道别,回到中土井女士那里,想向她道谢。

"对了,住在那边的川冈岛江是千津子的同学。"

同学?!

一个又一个信息接踵而来,大脑有些跟不上。我们急忙赶往川冈家。

从中土井家步行,很快就到了川冈家。我按门铃,没人应答。可能是没听见,我又敲门,并大声呼喊。是出去买东西了吗?

考虑到回程新干线的时间,差不多该离开小用了……我们决定下次再来拜访,便有些不舍地离开了小用。没能见到川冈,固然令人遗憾,但收获还是很多。

在车里,我回想今天遇到的人,这时手机响了,屏幕上是一个陌生号码。

"喂,我是中土井。岛江刚刚好像在日间照料中心,现在回来了。"

十分钟前刚刚分别的中土井女士,按名片上的号码给我打了电话。在我们离开后,她立马去了川冈家,说了我们的事。

"给岛江打个电话吧。"

在广岛车站还了租来的车,我们想找个安静的地方,于是在车站附近猿猴桥的长椅上坐下,打算打电话给川冈女士。

"喂?"川冈女士接起电话。

"我是共同社的记者,想问问关于冲宗千津子的事,中土井女士把您的电话号码给了我。"

"嗯。我和小千津在小学和中学都是同学,早上她会来我家,我们一起去学校。中学毕业后,我就再也没见过她了。听说小千津去世了?"

她似乎有些耳背,说话很慢,像是在回忆。

"听说小千津结了婚,生了个男孩,带着孩子一起去了大阪。我们没有寄过贺年卡,我还在想,不知道她过得怎么样了呢。"

结婚?男孩?会出现我们不知道的千津子吗?

循着仅有的一点缘分,我想,在下次的采访中我们又能离千津子更近一步。

"没有比这更顺利的采访了。"

在围绕千津子做采访时,武田多次这样说。

在小用遇到的那些人,不仅告诉我们信息,还带我们去他们说的那些地方,还因担心跟过来。在平时的工作中,问询时很少得到这么多人的帮助。我不禁想,也许是千津子在指引我们。

据说,千津子中学毕业后就离开了小用。在七十多年后的今天,仍有人挂念她。

小用的人爱着千津子。

小用的景色，千津子在这里度过了少女时代

虽然与活着的千津子没有任何联系，但不知为何，我内心涌起一股暖流。

（伊藤）

消失的男人

2021年6月至7月

与格力高·森永事件① 有关吗?

千津子的过去逐渐明朗,与之相比,照片上的男人——疑似田中龙次的男人,他的真实身份却仍然无从知晓。

据太田律师说,警方询问了男人在锦江庄租赁合同上工作单位一栏填写的公司,但没有查到名为田中龙次的在册员工。不过,这一信息并没有得到证实。而且,就算是谎称的工作单位,为什么非要写那家公司?

如果可以的话,我们想申请采访企业,但我们不是警察,企业很有可能以"无法透露员工的个人信息"为由把我们拒之门外。最好能找到当时的员工。

---

① 1984年至1985年间,以江崎格力高食品公司社长江崎胜久被绑架、索要赎金为开端,最终发展成向众多日本食品企业发出投毒威胁、索要赎金的犯罪案件。

合同上写的工作单位"富士化学纸",正式名称是富士化学纸工业公司,是一家实际存在的印刷公司,位于大阪市西淀川区。在谷歌上一检索,就出现了后继公司"富士复印"的网站。从公司发展历史来看,该公司于1950年在当地成立,1983年冈山县冈山工厂竣工。1988年在大阪证券交易所第二部上市,1991年把业务扩展到香港。翌年(1992年),公司更名为富士复印,也就是现在的名字。2013年,随着东京和大阪两家证券交易所合并,公司在东京证券交易所市场第二部上市。在日本的墨带市场上,这家公司市场占有率最高。

首先是位置,从兵库县尼崎市的锦江庄出发,穿过分隔尼崎市和大阪市的神崎川就是了。距离JR尼崎站只有一站路,是十分适于通勤的距离。

尼崎市到西淀川区一带,从战前开始就是阪神工业地带的核心,聚集了来自全国各地的工厂劳动者,尤其有很多来自鹿儿岛县和冲绳县的人,包括奄美大岛和德之岛在内。锦江庄的房东夫妇就是一个例子,他们在经济高度成长的时期从鹿儿岛县来到这里。

其次是时间,租赁合同签订于1982年,与之后新工厂竣工和公司上市等事实对照,可以说这一时期公司正在扩大业务。看起来一帆风顺,但查阅当时的报纸,就会发现这家公司卷入了一起重大事件。

是"格力高·森永事件"。报道称,威胁信使用的墨带是富士化学纸工业的产品。当然,考虑到这家公司在墨带市场拥有很高的市场份额,很难认为它与事件有直接联系。但这一事件就发生在被称为阪神地区的大阪·兵库。再者,江崎格力高公司本身就位于大阪市西淀川区。而且事件发生在1984年至1985年间,距离签订租约的1982年只有两三年。

留在锦江庄的神秘现金,与格力高·森永事件有什么关联吗?从租赁合同的线索到昭和年代的大事件,我兴奋地把报道递给伊藤,却被拒绝了:"只是有趣的巧合罢了。"

通过 Facebook 找到了当时的员工

我重振精神,决定找当时的员工。我利用通宵值班的空闲时间,一心一意地和网络上的信息搏斗。报道里没有提及员工的名字,眼下我能想到的只有在网上寻找线索。用谷歌搜索了一番后,我放弃了,开始在 Facebook 上输入公司名称来查询。即便当时正年轻的员工,现在也已经超出 55 岁了。这个年龄段的人会使用的社交网站,通常也就 Facebook。

我找到了一个工作经历一栏写着"1983—1997 年在富士化学纸工业公司·富士复印工作"的男性。时间大致吻合。我立刻发私信询问关于田中龙次的事。

谢天谢地,很快收到了回复。

"我在大阪总公司工厂的工务室工作,大阪工厂的工务室、茨木工厂的工务室和冈山工厂的工务室里都没有叫这个名字的人。工务室负责管理生产、工程、品质、成本、生产技术等。

"我想工厂的工人里也没有叫这个名字的。销售、总务·人事·会计、电机室里应该也没有。我也没有听说过实验室里有这个人。

"因为在总公司的工务室工作,公司里的人我应该都认识。我再去问问富士化学纸工业的同事吧。"

没有比这更细致的回复了。我松了一口气——我还没有告诉他这是有关孤独死的采访,还以为对方会起疑心。我立刻判断,这个人可以信赖,于是把相册里疑似田中龙次的男性的照片发给他,还把租赁合同上写的电话号码告诉了他。另外,我还提到遗物中有冲宗印章。

再次,我很快就收到了回复。据他回忆,那个电话号码是大阪总公司的。如果是总公司的员工,应该属于管理部,做总务或人事或会计或销售的工作。

"总公司管理部的人我应该都认识,但不记得有叫田中龙次的或姓冲宗的。我自认为认识的人算多的。"

不过,他进公司是1983年,那个时候田中龙次可能已经离职了。听说他和当时的前辈还有来往,我决定请他帮忙问一问。

就在我们这样交谈时,他发来这样一条信息:

"武田先生正在采访的事,好像另有蹊跷。如果只是单纯的孤独死,应该不会采访到这一步。"

看来他不但细心，直觉还很准。

我想，不应该对这样倾力帮助我们的人隐瞒事实。正当我准备给他打电话时，他给我打来了电话。这出人意料，我赶忙离开办公桌。

"我就喜欢这些稀奇古怪的故事。"

他一开口就这样说，我吃了一惊。

通常情况下，记者跟人搭话，常常会被讨厌（尤其是经常处理事件和社会问题的调查记者）。但在极少数情况下，也会遇到喜欢和记者聊天的人。说得好听些，就是好奇心旺盛的类型，也许他就是这样的人。

他的话有一点引起了我的注意，那就是电话号码。他说，公司的人对外说自己工作单位的联系方式时，一般会说自己所处部门的直通号码。比如像他一样在工厂工作的人，就会写工厂的电话号码。这的确很合理，必须对外说工作单位的号码时，我不会留东京总社或大阪分社的总机号码，而是留下大阪社会部的直通号码。当然，通常告诉对方手机号码就可以了，所以这样的机会并不多。但在没有手机的时代，直接报所处部门的号码是很正常的。

他还说，租赁合同上的电话号码，是公司在电话黄页等地公布的总公司的总机号码。据说，只有管理部的员工才会把它用作所属部门的号码。

这么一来，如果能确定在他入职之前，田中龙次不受雇于这家公司的话，就可以推测田中龙次是从电话黄页等公开渠道查到富士化学纸工业的电话号码，写进租赁合同里的。

顺带一提，他还记得格力高·森永事件发生时的情形。因为公司的工厂就在江崎格力高旁边，1984年4月江崎格力高被纵火时，他回忆："当时在场的工厂员工都要接受警察的询问，手忙脚乱的。"他本人因不当班而不在现场，免于接受询问。公司卷入那么大的事件，想必留下了很深的印象。原来与格力高·森永有关的，除了墨带问题，还发生了纵火事件，只能说是不可思议的因缘。

大约十天后，他又联系我。租赁合同是1982年签订的，他向那个时间前后在富士化学纸工业总公司总务部工作的前辈打听，结果是"没有这个人"。

整理一下目前为止的信息，大致如下：1982年3月8日，通过当时作为中介的房地产公司，田中龙次和锦江庄的房东（已故）签订了租赁合同。即便以1980年代的标准来看，这份合同内容也是不完善的。关于这一点，现在负责锦江庄的地产公司代表也说了。特别是田中龙次的现住址也是锦江庄，正如代表所指出的，通常必须写搬家前的住址。这就相当于说没有固定住址。

由于某种原因，田中龙次特意选择了富士化学纸工业作为工作单位。电话号码大概是事先通过电话黄页查到的。如果是严格的地产公司，应该会打电话给工作单位确认是否属实，但他们连草率填写的地址都接受了，应该不会那么费心。想必田中龙次也知道他们不会去查证。事到如今，已无从查起，但说不定田中龙次找了好几家房屋中介，直到找到一家可以让他隐瞒搬家前的住址和工作地点。

这样做的目的是什么呢？

而且，这样千辛万苦找到的住处，田中龙次却并没有入住，入住的人是冲宗千津子。既然如此，为什么不以千津子的名义签约呢？当初田中龙次应该打算入住吧？还是出于某种原因，他放弃了长期入住，只是偶尔去一下？无论是哪种情况，毫无疑问的是，他必须隐瞒自己的身份。

三十年前的住宿登记

此外，如果细心观察，也许能找到警察和侦探都没有注意到的线索。我决定重新把在律师事务所翻拍的照片一张一张地仔细检查一遍。

于是，我注意到以"田中龙次"为中心、看起来比较新的照片（参见第130页）的右下角，隐约印着数字。定睛细看，是"92 7 12"。是拍摄日期！是1992年7月12日。原来如此，难怪比其他可能拍摄于1980年代的照片看起来要新。

照片正中间是戴着帽子的"田中龙次"。他看起来像在一个日式庭园的地方，左手边的石头上有一个很大的旅行袋，右手边可以看到一块木制招牌，写着"日本秘汤大牧温泉"。

**在大牧温泉的招牌前拍摄的照片。照片右下角隐约印着
拍摄日期"92 7 12"（照片部分处理过）**

搜索大牧温泉，我找到了富山县南砺市的"大牧温泉观光旅馆"。据说，这家温泉旅馆被山和人工湖包围，只能坐船前往。也许是这个原因，它好像常被用作悬疑剧的舞台。这么说来，去旅馆的十之八九不是当日来回的入浴客，而是住宿客。

我继续用谷歌搜索图片，找到了和照片里一样的场所。有招牌，所以立马就认出来了。就是这里。

我不认为旅馆还留着三十年前与住客有关的线索，但既然已经查到这里了，明知不可能，我还是打了电话。

"三十年前的住宿登记簿吗？应该有的，但毕竟这么久远了，得好好找一找。"

没想到当时的住宿登记簿还在。打电话时，我忍不住比了一个胜利的手势。

过了一会儿，负责人打来电话，说查到了1992年7月11日至12日的两拨住客。据说，那前后几天里，来自关西的客人就这两拨。

一拨是11日到店的住客，住了一夜。除了"七夕会"这个团体名称和电话号码，还写着相关旅行社。这拨客人有17人，写着"卡拉OK"。好像是卡拉OK同好会之类的组织。

另一拨是12日的住客，住了两夜，只留下"京都岛田（化名）两名"和电话号码。

符合情况的是这两拨住客中的哪一拨呢？第一拨卡拉OK团体，过于悠闲自在，我不认为一个想隐瞒身份的人会特意参加这种团体旅行。不过，还是值得一探究竟。

电话打不通，但我查了过去的报道，确实有一个叫七夕会的团体。这是一个以大阪为据点的卡拉OK爱好者团体。在1992年5月香川县高松市发生的巴士事故的报道中，该团体出现在了受伤乘客名单里。因此，可以排除"登记簿上的团体名称是假的"这个可能性。报道里说，有43名乘客受伤了，看来是很盛大的聚会。而去大牧温泉住宿，就在事故发生的两个月后。

另外，旅行社也是真实存在的。只是，只能追踪到这一步，找不到三十年前卡拉OK同好会更多的信息了。还有，留下的电话号码的区号是072，是大阪府东部至南部一带的。

另外那拨从京都来的两个客人应该才是我们要找的人。

只是，只有"田中龙次"在大牧温泉的照片，没有千津子的。既然是两个人一起来的，哪怕有各自的照片也不奇怪吧？

只有电话号码这条线索了。我查了查，好像是京都市内南部的号码。这或许与"田中龙次"身边的人有关。但是，如果千津子留下的现金有问题，与犯罪有关的话……

想到这里，我莫名害怕起来。明明是费尽心思才查到的信息，电话只响了一声，我就挂断了，就这样置之不顾。只知道这个电话是能打通的。

后来，我和伊藤又扩大范围调查了一段时间，但还是没能找到"田中龙次"的真实身份。于是，我再次鼓起勇气，拨通了电话。响了几声之后，一个女性接起电话。一开始我没听清她说的话，好像是办公室之类的地方。是我弄错号码了吗？但看了看手机屏幕，号码和住宿登记簿上的一样。

做好了被怀疑的心理准备，我问电话那头是哪里，对方回答是华歌尔集团的某个部门。突然听到这么有名的公司，我吓了一跳。

我为打扰了对方工作而道歉，然后挂断电话，叹了口气。为什么是华歌尔？难道又用了假号码？除非是公司组织的员工旅行，否则应该没人会特意在住宿登记簿上留下公司的号码。不过，这次不是华歌尔的总机，而是某个部门的直通电话。这可不是外人能轻易得知的号码。

也可能是旧电话号码被重复使用了。也就是说，以前是家庭用的电话号码，后来不再使用，便被用作华歌尔的部门号码。这种情况很少见，但只要有一丝可能性，就有必要调查一下。

我前往京都市内的图书馆，查阅 1992 年的电话黄页。果然，华歌尔事务所的电话号码都很相似，只有后几位不同。这么说来，住宿登记簿上的号码当时就是华歌尔内部的电话号码了。

1992 年 7 月 12 日，住进大牧温泉旅馆的两人究竟是什么人？与当时在华歌尔工作的人有关吗？还是只是随意留了一个京都区号的电话号码呢？

事到如今，已无从查起。名叫"田中龙次"的男人，就这样在我们面前"消失"了。

不过可以肯定的是，直到去世，冲宗千津子一直留着温泉旅行的照片。

（武田）

探访已不存在的制罐厂

2021年8月3日

开始问询

所谓问询,是指在事件现场和嫌疑人家附近等地方打听信息。两周前,我们在千津子的故乡吴市小用曾这样做过,我挺喜欢这项工作的。比起闷在社里写稿子,或是打电话给看不见面孔的人,能感受当地的气氛,和平常不会遇到的人聊天,都是更有意思的事。

另一方面,问询这项工作难以预见未来的走向,经常徒劳无功。有时在恶劣的天气里,按门铃按了几小时,得到的只是"不知道";有时听到了自己觉得满意的故事,但回到办公桌前完成手稿,一个字也没用上,也是家常便饭。尽管如此,因为没有效率就不做,太轻率了。

特别是这次关于千津子的采访,我们手里的资料和采访对象都十分有限,通过问询即便只得到一点点信息,也是非常宝贵的。这些琐碎的信息和证词累积起来，也许能让我们看到事情重大的部分。当然，这种可能性也不一定很大。

千津子在锦江庄去世，周边是住宅区，附近有商店街。在某种程度上确定优先顺序，是有必要的。这样一想，与其像没头苍蝇一样在锦江庄周围乱撞，不如先从千津子遭遇过工伤事故的原工作单位制罐厂开始追查。

如今，新建的住宅鳞次栉比，制罐厂已经不见踪影，但据说工厂以前就建在离锦江庄步行五分钟左右的地方。从留在锦江庄的工伤事故文件可以得知，1994年4月11日，千津子在这家制罐厂遭遇事故，失去右手全部手指。而工厂关闭登记簿显示，这家制罐厂在事故发生大约五年后，也就是1999年3月停业。侦探在进一步调查时，曾在原址附近找到过了解制罐厂的女性。

我和武田立即赶往那名女性家。按下门铃，说明记者身份和来意后，一个文雅的中年女性走了出来。

她说："我家原本是私人医院，以前制罐厂就在这前面，现在盖了住宅。我没见过工厂内部的样子，但拆除时工程不小，里面应该有大型机械。工厂关闭后，有一阵子被用作汽车维修公司的车库。"

我拿出千津子的照片，女人看过后摇了摇头。我接着问关于制罐厂经营者的问题。

"听说丈夫过世了，妻子得了失智症，和女儿住在一起。"

建在制罐厂旧址上的房子已有十年历史，想来不会有更多收获了。向女士道谢后,我们返回商店街,继续分头问询。

药店、书店、咖啡店、鲜鱼店、蔬果店……我们挑的是尽可能有些年头的店,所以有人知道制罐厂,但没能找到认识经营者家属的人。

走访到第十四家,我们终于从眼镜店老板那里得到一点关于经营者家庭的信息。

据这名四五十岁的男性说,他记得小时候这附近有一家制罐厂,老板夫妇有两个儿子,名字不记得了,好像被叫作小宏和小朋。遗憾的是,除此之外,没有更多信息了。不过,能找到一个认识这家人的人,就是向前迈进了一步。

而且,就在武田偶然掀开帘子的小酒馆里,我们意外地遇到了一个女性,她和经营者的儿子曾是同学。

我们结束在商店街的问询,整理了一下头脑中的信息。到目前为止我们问询到的新信息,包括制罐厂的旧址曾被一家汽车维修厂用作车库,制罐厂的经营者(除女儿之外)有两个儿子,分别叫小宏和小朋。其中一个儿子出生于1961年,毕业于当地一所中学。到目前为止,问询的成果可以说非常好。

错觉?幻觉?

太阳开始西沉。我们继续在住宅区的小巷里穿行,巷子窄到勉强能够让一辆车通行。这里几乎没有行人。

这时，我的目光被迎面走来的女人牢牢吸引住。

她个子很小，驼背，大约七八十岁。她左手撑着阳伞，弓着背，看不见她的右手。

"喂，你看那个人，是不是把右手藏起来了？"

我急忙问走在一旁的武田。女人已经和我们擦肩而过，走到我们身后五米左右。

"那个人把右手藏起来了。"

我重复了一遍，想让困惑的武田听清楚。我感觉自己心跳加速。

——那个人一定是田中千津子。

千津子如果还活着，已经87岁了。据锦江庄的房东说，她身材矮小，走路时总是把双臂交叉在胸前。在那短短的时间里，我反复回想房东的话，开始胡思乱想："千津子还活着，在锦江庄去世的可能是另一个人。"我脑子可能混乱了。

武田冷静地说"追上去看看"，便跑了起来。

追上步履缓慢的女人很容易，但她正要进入眼前的独栋房子……千津子，你住在这样的地方吗？

这里距离锦江庄步行大约三分钟。

"不好意思——"

女人站在玄关前，回过头来。她右手手指都在。

——不是千津子。

放心的同时，我又着急起来——叫住了对方，总得说点什么吧。

"请……请问，您有没有在这附近见过一个走路时会把右手藏起来、年纪很大的女士？她就住在那边的锦江庄。"

"没有见过。"

女人缓慢而温柔地答道。我错得离谱。

找到了与制罐厂有关的人

我们打起精神，拜访了汽车维修公司，知道了介绍制罐厂旧址的地产商。我们立刻前往地产商位于杭濑商店街的门店，但是一个70岁左右的男性很冷淡地说："我什么也不知道。"他还打断我们解释，把我们赶了出来。我们倒是已经习惯这种事了。沮丧是没有用的。

制罐厂的老板已经去世，他妻子和孩子一定还在某个地方。停业登记簿上记载着经营者名下的住址，那里有一栋民宅，但没人住。邻居也不知道他们搬到哪里去了。

接着，我在网上搜到附近有一户同姓的人家，决定去看看。也许经营者的儿子就住在那里。那是一栋两层楼的公寓，门上没有门牌，也没有对讲门铃。真的是这里吗？我看了看表，已经快晚上7点了。要不今天就到此为止吧？正当我这样想的时候——

"你好。"

是武田的声音，我们正分头在住宅区转悠。我走近，看见他在路旁和一个四十多岁的女性说话。原来，他疲惫不堪、胡乱搭话的人，竟是制罐厂老板的女儿。

我们问她是否还记得以前在工厂里工作过的田中千津子，她摇头，说"完全不认识""我当时还是个孩子"。给她看千津子的照片，她的反应也是一样。

这样的话，我们请她至少介绍一下母亲和兄弟姐妹，但她说母亲生病了，不方便说话，她和兄弟关系疏远，几乎没有联系。

女人怀疑地看着我们，语速很快，一次次把脸转向自己的家，看来是想要尽快离开。但我们好不容易才找到与制罐厂有关的人，不想就这样结束，决心继续提问。

"千津子在制罐厂遭遇事故，失去了右手手指。你记得这起事故吗？"

"啊……我知道了，原来是她啊。"

也许因为想起了与事故有关的往事，女人的语调变了。她记得那次事故——我暂时松了口气，听她说起千津子这个人。

"该说她有个性，还是奇怪呢？她不怎么跟周围人交流，总是一个人待着，好像对谁都紧闭心房。事故发生那天，她好像比平时更早结束午休返回工作。我不知道那天她为什么来得那么早，但人真的不能做异于平常的事。事故发生后，我和妈妈一起去了医院，办理了工伤手续。妈妈说'员工受伤，还不如我们这些管事的受伤'。"

关于公寓里的 3400 万日元，不知道她有没有线索。我们也考虑了事故赔偿金的可能性。

"她对我父母说'你们对我已经很好了',好像没发生争执。我想也没有赔偿金之类的东西。"

最后,我们出示了男人的照片,想确认千津子当时有没有亲人。女人没有见过照片上的男人,但她清楚地说:"我不知道她有没有孩子,但她有丈夫。"

太阳早就落山了,一看计步器,数字已经超过 20 000 了。仅仅是这一天,我们两人问询的人数加起来就超过了 30。

偶然走进一家眼镜店,得知制罐厂老板有两个儿子;随便掀开帘子进入的店,遇到了制罐厂老板其中一个儿子的同学。继续找老板一家,结果在街上碰到了他女儿——虽然没有得到什么惊人的信息,但和认识千津子的女性谈话算是一大收获。今天问询成果非常好。

下一站是广岛,四天后出发。

(伊藤)

原子弹与水手服

2021 年 8 月 5 日至 8 日

黑白照片里的女孩

明天是原子弹在广岛爆炸的 76 周年。为了做纪念日采访，我独自乘上新干线。这是我今年第三次前往广岛。今明两天的日程排满了关于原子弹爆炸纪念日的采访。

不过这次采访，我是公费出差到广岛的。对于还不知道能否写成稿件的采访，报社是不会支付差旅费的。往返的新干线车费和住宿费都不便宜，也不知道一次出差能不能做好两个主题完全不同的采访。武田也希望能参与原子弹爆炸纪念日的采访，但未能如愿。乘此机会，他自掏腰包，将于明天下午到达广岛。我带着些许歉意，在广岛站下了车。

6 日，从早上开始就万里无云，强烈的阳光刺进皮肤。尽管受到新冠疫情的影响，但广岛市和平纪念公园里，经历过那场悲剧的老人和被父母牵在手里的年幼孩子都在为遇难者祈祷，他们额头上都冒着汗水。

原子弹爆炸时，千津子11岁。她去世的公寓里没有《被爆者健康手册》[①]。76年前的今天，她在哪里呢？傍晚，我望着元安河上流淌的灯笼，千津子的脸又浮现在脑海中。

第二天早上，我和晚一天到达广岛的武田汇合，前往港口城市小用。时隔三周，我们准备去拜访上个月没能见到的千津子的同学川冈岛江。我们提前打电话约好今天到访。

然而，在约定的时间按了门铃，却没人应答。我试着打电话，也没人接听。我们暂时离开，打算先看看情况，大约一小时后回来，好像还是没有人。岛江女士去哪里了呢？

又过了三小时，原本高悬在空中的太阳已经西沉，我怀着半是祈祷半是死心的心情按下门铃。还是不在吗？明明机会这么难得。

就在这时，门后传来一个声音："来了——"

"我刚从日间照料中心回来。"

前几天打电话时，她说，（今天）不用去日间照料中心，一整天都在家。不过，没有错过就很幸运了。

眼前的岛江女士应该和千津子年纪相仿，她背脊挺得笔直，应答也干脆利落。她的指甲涂成了红色，看上去比实际年龄87岁要年轻。

路过厨房，我看见桌子上有一本旧相册。想问的事情太

---

① 日本政府向原子弹爆炸幸存者发放的手册，符合规定条件者可获得医疗补助和其他费用补助。

川冈岛江女士，小学、中学时和千津子是同学

多，我抑制住急切的心情，想先寒暄几句，但岛江女士开口就直奔主题。

"中学毕业后，我就再也没见过小千津了。虽然有同学聚会，但她一次也没来过。也没听谁说见过小千津。她不怎么爱说话。千津子真是一个人死在公寓里的吗？"

我们给她看留在公寓里的成年千津子的照片。

"真时髦啊！和她小时候的照片完全不一样。不过看得出来是小千津。"

岛江女士凑近照片，用放大镜仔细看。看到长大成人的千津子，她情绪似乎有些激动。

过了一会儿，她打开眼前的相册。

一张褪色的黑白照片上，有十四个10岁出头的女生，前排的坐着，后排的站着，彼此搂着肩膀。另外还有像是老师的三名男女。女学生都穿着水手服，前排中间的三个人抱着球。

岛江指着坐在中间的女学生说："这是小千津，旁边的人是我。大概是初中二三年级。"

照片上的少女比长大成人的千津子稍微胖一点，但眼睛和鼻子是一样的。尤其是紧闭的嘴巴，一点都没变。

就像岛江看长大成人的千津子一样，我也看中学时的千津子看得入迷。接下来会出现什么样的照片呢？

在岛江翻开的相册页上，有五名身穿水手服、化了舞台妆的女学生和两名成年男女。

"这两位老师是夫妇，大概是五个同学一起演了什么戏吧。"

还有女学生们在类似教室的地方手拿着算盘和钢笔拍的照片。

"这也是初中二三年级。最边上的是小千津，头发有点卷。这是我，穿的是姐姐的旧衣服。我们这是在干什么来着？是在学校的小卖部吧？都是七十年前的事了，记不清了。"

岛江女士说着笑了起来。千津子的卷发是天生的吗？她认识千津子，而且是七十年前少女时代的千津子，从她嘴里听到的任何细节都让我觉得很新鲜。

原子弹与水手服　145

前排中间，左为千津子，右为岛江（上）

画着舞台妆的千津子（第一排左）和岛江（第二排右）（下）

我用相机拍下岛江相册里千津子的照片。要在昏暗的室内拍照很难，我又是把照片移动到电灯下，又是改相机设置，苦战了一番。旁边的武田一边听岛江说话，一边做笔记。

和武田搭档追寻千津子的两个多月里，我们自然而然地分担起了采访环节中的职责。

"天太热了，喝点果汁吧。要是还没吃饭，家里有很多菜，吃点吧。还有冷冻的八朔柑，也吃点吧。"

她还让我们吃桌子上的小点心。眼前的食物越来越多。来之前，我们吃过拉面，所以先要了果汁，一边喝一边把目光移到相册上。

一张孩子们在教室里上课的照片，岛江女士拿着放大镜寻找千津子。她指着最后一排并肩而坐的两个人，说：

"我们在这里。我们俩无论学习还是运动都不出众，扔到人堆里就看不见了。"

岛江女士大笑，我们也跟着笑了起来。

"不过小千津唱歌很好听。她姐姐每年都会参加民谣音乐节，还得过奖呢。"

小千津·阿岛

据岛江女士说，在战后的1946年4月，她和千津子一同进入邻村的中学就读。她们每天早上都会一起走一小时的山路去上学。

"小用上新制中学①的只有我和小千津，家境好的人都去女校了。而比我们大一届的人初中要读三年了，在那之前初中只读两年。正是制度转换的时候，去不去都行，很多人就不去了。我们家虽然穷，但我妈妈说初中一定要念到毕业，我就和小千津一起去了。每天早上，小千津都会来找我，我还没准备好，小千津就等我。妈妈让她进来坐坐，她也不肯。她是个乖孩子。初中三年，不曾外宿，也没去看电影什么的。学校里有爱玩的人，可我们两个都挺乖的。去学校，我们要爬神社旁边的坡。不记得每天都聊什么了。那时候大米是定量供应的，父母很忙，我和小千津就在放学回家的路上买好大米再下坡回家，以至脚都走痛了。"

岛江女士说完豪爽地笑了，我们也跟着笑了。

千津子的照片一共有十张。在这些照片里，千津子和岛江几乎都在一起。就像她们互称"小千津""阿岛"一样，从照片里也能看出两人感情很好。

原子弹落下时

"在原子弹爆炸前，我和小千津去的都是宇品的学校。

---

① 二战后日本推行学制改革，将义务教育延长至九年。改革后的中学为新制中学。

战争越来越激烈,要搞'亲属疏散'[①],不能回老家。我的父母在宇品,所以我和弟弟回(小用)去了。千津子姐妹应该也一起去了。那时正是学年交替的4月。[②]"

根据户籍资料所示,千津子出生于广岛市的宇品地区。太平洋战争末期,广岛市开始疏散国民学校的学生,千津子和岛江从宇品地区疏散到了小用。两人当时都是小学六年级的学生,转学到了小用的邻村——安登村的国民学校。尽管同一时期都住在宇品,但两人并不认识,是在小用才熟识起来的。

"原子弹爆炸的时候,我在学校,还说了'是什么闪了一下?'。"

1945年8月6日上午8点15分,美军的B29轰炸机向广岛市投下一颗原子弹。原子弹在市中心上空爆炸,热浪和爆炸的冲击波袭击了整座城市。

据岛江女士说,原子弹落下时,她和千津子在距离落下地点约三十公里的国民学校。像岛江一样,千津子也从那里看到了蘑菇云吧?

1949年,两人从安登中学毕业。1958年,因地方町村合并,该校并入安浦中学。

"我家有十一个孩子,我排行第五。大我两岁的姐姐,

---

① 指战争期间日本的城市居民为了躲避空袭而疏散到乡下的亲戚家。儿童依政府规定按学校分组疏散。
② 日本的学年以4月为起始。

在原子弹爆炸两个月后去世了。和平公园里有她的名字。我的兄弟姐妹都去世得早，只剩下我和排行第三的姐姐。我在昭和三十四年（1959年）结婚，昭和四十年盖了这栋房子。丈夫是我同年级的同学，是棒球俱乐部的。他也在照片里。这是我丈夫。哈哈哈！"

岛江女士有些不好意思地笑了。

"我只听说小千津带着儿子去了大阪，不知道她丈夫是不是也在。我们猜，她可能离婚了，只有母子两人。"

上次在电话里也听她说千津子有个儿子，我忍不住又问道。

"嗯，说是带了一个男孩去大阪。不过我没见过。"

为了确认，我问："您最后一次见千津子是在初中毕业典礼上吗？"

"嗯。还有一次她路过我家，见过一面。"

欸，是这样吗？我不由得看了武田一眼。

"这是我抱着第二个孩子拍的照片，这孩子是昭和三十八年（1963年）出生的。那时我见过小千津一次。她没说话，只是笑了笑。她应该是从广岛回老家时路过了我家，好像是和妹妹一起。那之后我就再也没见过她了。从（昭和）三十八年开始，有六十年没见过面了吧？听说她自己租了间公寓。儿子不在身边吗？她是孤零零的一个人吗？"

昭和三十八年，也就是千津子29、30岁的时候。看来那时她和家人还有来往。不过，千津子有儿子吗？户籍上没有记载。

小学六年级时拍摄的照片。前起第三排最左边是千津子，
前起第二排、左起第四人是岛江

一个人孤零零的吗？

"一个人孤零零的吗？"

岛江女士看着成年后的千津子的照片自言自语。

孤零零在广岛方言里有寂寞、遗憾、孤独的意思。这句话似乎包含了岛江思念旧友的温暖情谊。

最后，我们把带来的千津子的照片交给她。

"那我就收下了。随时给我打电话。前阵子，我的腿动了手术，医生说'能用到100岁'。就算腿脚能用到100岁，脑袋也要痴呆的呀，哈哈哈哈——"

她又大笑起来。真是个爱笑开朗的人。

"把这个拿去。"

岛江又从冰箱里拿出纸盒装的果汁，让我们拿着。

"还有这个，这个也是。"

不知她又从哪里拿出日式点心和软糖。我们推辞不要，她也一边说着"拿去"一边不断掏出吃的。我和武田手里塞满了果汁和点心。

"天气很热，要注意身体。再见。"

我们约定会再来，岛江女士把我们送到门口。

中学时千津子的脸和岛江的笑声，在我脑海里久久挥之不去。还有岛江女士最后的喃喃自语："一个人孤零零的吗？"

——在遥远的故乡小用，有人一直挂念着你呢。

我很想告诉千津子。

（伊藤）

"因为她很漂亮"

2021 年 8 月

寻找半个多世纪前的同事

据冲宗正明回忆，千津子曾在日本专卖公社广岛工厂工作过。随着 8 月 6 日广岛原子弹爆炸纪念日临近，伊藤开始忙于采访原子弹爆炸的亲历者，而我也开始为正明先生的这句话苦苦寻找证据。

我首先想到的是，去采访日本专卖公社的后继公司，即日本烟草产业公司。不过，千津子在那儿工作有可能是她 20 多岁时，也就是 1950 年代，离开广岛前。那么久远的记录恐怕很难找到。而且，对方是民营企业，很可能以"无法透露雇员个人信息"的理由把我拒之门外。

如果千津子真的在专卖公社工作过，我想找到她当时的同事。

但就像和她一起工作过的姐姐照子已经过世了一样，当时的同事应该也都上了年纪，如果不抓紧时间，很可能眼睁睁地错失良机。话虽如此，怎样才能找到半个多世纪前的同事呢？

我一边犹豫着，一边看向旁边伊藤的桌子，上面摊着一些关于原子弹爆炸的书籍和报道。

我忽然想到一个主意——

如果把范围缩小到曾经历过原子弹轰炸的工人身上，也许能找到线索。

我打开电脑，查看过去的新闻报道，果然找到了。那是一篇采访报道，采访了经历过原子弹爆炸的前专卖公社的职员。

我找出文章中被提到最多的几个人，核对电话黄页，看能不能找到联系方式。然而不知道是已经去世了还是搬家了，一个人也没联系到。事情不可能总那么顺利。

不过还是找到了一个人——只要多想办法，就一定能找到联系方式。这个名叫桑原千代子的女性，曾在 NHK 网站的《战争证词档案》中讲述自己在原子弹爆炸时的经历。人物简介显示：1931 年，出生于现在的广岛县江田岛市，战后在日本专卖公社工作。她长期担任原子弹爆炸体验的讲述者，多次在媒体上露面。这么有名的人，要是能找到跟她有关联的人，也许能联系上。

根据共同社在 2018 年发表的报道，桑原女士曾在禁止原子弹氢弹日本国民会议①的广岛大会上发表过演讲。于是，我给东京的禁止原子弹氢弹大会事务所打电话，但得到的回复是负责人已经动身前往广岛。没办法，毕竟马上就是原子弹爆炸纪念日了。最终我还是联系到了已在广岛的负责人，然后联系上了桑原女士的女儿。

桑原千代子年事已高，正在住院治疗，不过她女儿在电话里说："6日可能有时间，我去问问妈妈和以前专卖公社的人。"桑原女士和她已故的丈夫都曾在广岛的专卖公社工作，退休后也和OB·OG②保持交流。

事到如今，我们只能赌8月6日一切顺利，如果真的出现了认识千津子的OB，那就不是一通电话采访能解决的了。我还是按捺不住，决定去一趟广岛。

6日晚上，我收到了桑原女士女儿的邮件。遗憾的是，她说母亲千代子和她的朋友都只记得千津子的姐姐照子。

不过，事情还有后续。慎重起见，桑原女士的女儿联系了一名曾在专卖公社的工会工作、现在在广岛负责OB会的男性。

"他知道千津子。"

勉强挣得一线希望。我立刻打电话给那名男性，我们约定两天后，也就是8月8日，在他位于广岛市内的家中见面。

---

① 成立于1965年的民间组织，旨在倡导反核与和平运动。
② OB即Old Boy，OG即Old Girl，日式英语，指曾属同一组织（学校、公司）的成员。

下了公交车,我们沿着缓坡往上走,立刻出了一身汗。灼热的阳光照下来,没有任何东西遮挡,柏油路上蒸腾着热气。我没有心思和身旁的伊藤闲聊,只是默默地走向目的地。终于到达男人的住处,被带进客厅,空调的冷气让我们感觉活了过来。

接待我们的是,原专卖公社的职员丹羽和光。他患有慢性病,身体不太好,但还是愿意接受我们的采访——听到这些,我紧张得后背僵直。

丹羽先生出生于1940年(昭和十五年),现在已经80岁了。他比千津子小七岁。他的眼神温和,但给人一种工匠般的威严。后来我们听说,工作期间,他曾在工会致力于反战运动,这就说得通了。

"你们为什么要来打听冲宗女士呢?"

隔着桌子面对面坐下后,丹羽先生首先提出这个问题,仿佛人生的前辈在考验我们有多认真。我们一步步说明了两个月前开始采访以来的经过,丹羽先生闭着眼睛听,不时点头回应。

听完整个过程后,丹羽先生先说道:"(和千津子)几乎没什么接触,这样也可以吗?"他睁开眼睛,依次注视我们。

即便只是泛泛的接触,也有人还记得20多岁时的千津子。我在心里喃喃自语:谢谢您还记得她。

高中毕业后,丹羽先生于1959年进入专卖公社,在广岛工厂工作。1985年,专卖公社民营化,成为日本烟草产业公司，他继续在该公司产品课工作，直到 2000 年退休。

进入公司后，最初他被分配到制造部一个叫"卷烟课"的部门，主要工作内容是把烟丝卷成卷烟——烟丝由负责将烟叶切碎的原料加工部门加工。这样做出来的卷烟再交由其他部门进行包装和装箱，最后作为商品上市。据说，当时在广岛工厂卷烟课工作的职员有两百人，是人数最多的部门。其中八成是女性。后来，随着生产线机器更新，男性越来越多，但过去这里明显是"女性职场"。其中有很多中年女性，还有人读夜校。

冲宗千津子是卷烟课众多女员工之一，她是机械操作员。据说，当时卷烟机的速度是每分钟九百转，也就是说每分钟生产九百支卷烟。我喝着丹羽先生端来的大麦茶，想象着身子单薄的千津子快速操作机器的样子。她晚年选择在制罐厂操作机械的工作，也是因为这个老手艺吧。

卷烟课的员工早上 8 点上班，8 点 5 分开始工作。上午 10 点有十分钟的休息时间，12 点有四十分钟的午休时间，下午也有一次十分钟的休息。据说，工资以公务员为标准，似乎还不错。

话说回来，她在专卖公社工作到哪一年呢？

"昭和四十二年（1967 年），随着新型机器的引进和操作自动化，工厂也重建了。新工厂建成时，(她)就不在了。"丹羽先生说。他推测，他进入公司，也就是旧工厂时代的

1959年（昭和三十四年），千津子应该就是在这之后的几年里辞职的。

辞职后她去了哪里？综合迄今为止的采访来看，目的地肯定是大阪。1960年代初，日本正处在经济高速增长的时期。1964年，东京举办了奥运会，日本战后复兴给世界留下了深刻的印象——这是历史教科书里的套话。大城市从地方吸引了前所未有的人口作为劳动力，千津子也是投身经济增长浪潮中的一员吧。

尽管发生在半个多世纪前，工作单位里的事丹羽先生还是记得很清楚。遗憾的是，关于千津子，除了寒暄似乎就没有其他记忆了。课里毕竟有两百多人，不可能和每个人都熟。

没办法。说起来，同为卷烟课的桑原女士等人，对千津子几乎一无所知。

反过来，为什么丹羽先生会记得千津子呢？

"……因为她长得很漂亮。"语气始终平淡的丹羽先生第一次表情柔和，害羞了起来。

"是她吧？"伊藤拿出照片给丹羽先生看，他眯着眼睛点头说："没错，我的确记得她。"

除此之外，"身材娇小""工作很认真"，丹羽先生像是提取记忆一样地陈述对千津子的印象（不过，照片上的千津子并没有给人娇小的印象）。

在丹羽先生心里，千津子大概还是20多岁时的模样吧。我很想见见丹羽先生眼中的她。

一小时左右的采访结束了。回去的路上,太阳还是明晃晃地照着,但或许是心理作用,没有那么难熬了。

来自"烟草与盐博物馆"的好消息

另一条线索来自远离广岛的东京。

就专卖公社,我打电话向广岛县内的图书馆询问时,一个管理员建议:"听说JT在东京有一个'烟草与盐博物馆',不妨去那里问问。"原来还有这样的博物馆吗?只要有发现一丝线索的可能,就值得一试。

我在大阪给博物馆打电话,向工作人员说明了情况——调查一个孤独死的女性,发现她是曾在广岛工厂工作过的冲宗千津子,然后拜托道:"有没有当时广岛工厂员工名册之类的东西?如果没有,哪怕有了解工厂历史的资料也行……"

战后广岛工厂的内部资料不可能出现在东京的博物馆里——我已经做好了扑空的心理准备。了解些历史也算收获吧。我这样想,没过多久,手机响了。当时我正走在商店街上。

"您询问的东西还真有。"

不会吧?真的吗?我不顾周围人的目光,兴奋地喊出声来。

对方告诉我,名册上有冲宗照子和千津子姐妹俩的名字;前往博物馆的话,可以直接阅览资料。

恰好是 8 月底，我有机会休假去东京。在地铁押上站下车后，我在能看到东京晴空塔的街上步行了一会儿，然后前往博物馆。博物馆的标志是一尊半裸男子的青铜像，嘴里叼着长烟斗，有种烟草圣地的风情。

经许可，我得以阅览的是"昭和三十一年度（1956 年度）"广岛工厂卷烟课的"定期加薪报告"。这是劳务课用于定期加薪的内部文件，职员姓名一栏手写着业务成绩和加薪金额。据说，没有找到其他类似的资料。封面上的标题是用毛笔写的，里面的纸像薄草纸一样脆弱，都已经褪色了，让人感觉年代久远。

我一边读着姓名一览表，一边小心翼翼地翻页，以免撕坏。

找到了。没错，是"冲宗千津子"这五个字。

看到的瞬间，我坐在椅子上像被雷击中了一样。冲宗千津子这个人真的在这个世界上存在过。与回忆的故事和照片不一样，他人亲手写下的名字是如此真实。这就是向他人证明冲宗千津子曾经存在过的最好的证据。这五个字就是连接她和这个世界的纽带。

另外，"昭和三十一年（1956 年）"是丹羽先生进入专卖公社的三年前。从他的证词来看，昭和三十四年（1959 年）千津子的确还在职，由此可以估算她在专卖公社至少工作了三年。

作为被加薪者，她的名字三次出现在名单上，业务成绩

日本专卖公社广岛工厂卷烟课的"定期加薪报告"[昭和三十一（1956）年度]。照片由烟草与盐博物馆提供（图片部分处理过）

是表示优秀的"甲"。

为什么这份文件会保存在博物馆里？更重要的是，为什么只有这一年的资料？如今连博物馆的工作人员也不知道。如果资料不是这几年的，千津子的名字就不会出现了，只能说是奇妙的幸运。

人的足迹和生命的痕迹，一定会留在某个地方。是的，即使是行旅死亡人。

（武田）

剩下的"谜团"

2021 年 6 月

专家们的看法

千津子的过去渐渐明朗了,巨款的来源却仍然是个谜。

还有带星形标志的项链、其中罗列的数字、韩元纸币。

这些与朝鲜间谍有关吗?如果有关,我们还能继续采访下去吗?会有危险吗?一直在思考这些,但单凭我和武田两个人,再怎么苦恼也不会有结果。我们需要专业人士的意见,我首先想到的是大阪府警察局的一名OB,他是前公安警察[①],曾经和极左团体与右翼团体都打过交道。

大阪府警处理的案件和事故在全国范围内都算多的,下属警察局的数量仅次于警视厅,居全国第二。因此,各家媒体都会派出记者分别负责总部和各分局。

[①] 日本的公安警察指行政机关警察厅的公安部门,主要负责处理威胁国家体制安全的案件。

来到大阪后，我最初被委派的工作就是走访各个警察局。当时受到了还是府警 OB 的出川先生（化名）的照顾。我什么都不懂，他教给我关于警察的种种知识，可以说是我的恩人。我们也是常常一起喝咖啡的伙伴。

走进事先约好的纯咖啡店，出川先生已经喝过了。不管天气多热，他都离不开热咖啡。

"一小时前我就到了。前阵子得了新冠，可遭罪了，连烟都戒了。"

两年没见，出川先生一点儿都没变。我立马尽量简洁地说明了这次调查的经过和剩下的"谜团"，看看能不能得到哪怕一点提示，但出川先生的反应并不积极。

"上了年纪的老太太有 3400 万并不奇怪。应该一直在存钱吧？你好好想想。"

当然，不能否定这种可能性。单纯计算一下，如果持续存钱四十年，一年就要存 85 万日元。扣除房租和生活费，每个月存 7 万日元，不是什么大到不可能的数额。

那为什么要把年龄改小十二岁，隐姓埋名地生活呢？

"是啊，真不可思议。但我想她应该不是间谍。"出川先生对我提出的间谍论持怀疑态度。

那遗体身高 1.33 米又是怎么回事呢？

"人老了之后大多数会变矮。一般要用卷尺认真测量。是不是没有适当测量？"

是时候给他看照片了。他又要了一杯咖啡，迅速翻看起照片。看到最后一张照片上的项链和其中罗列的数字时，他表情略微变了。

"真的吗？真的跟朝鲜有关？我要问问公安的朋友，把照片发给我。"

工作真高效。很快，"公安的朋友"就回复了。

"他说没见过，也不知道这些数字是什么意思。你们记者做的这些采访也很重要嘛，我这边要是知道了什么就告诉你。加油啊。"

说完，出川先生拿起账单就离开了。光是知道公安警察都不知情，就已经是收获了。

我想起十年前去过的朝鲜。那时我还是学生，跟着在大学做研究朝鲜课题的教授第一次踏入这个既近又远的国家。说起来，以国旗为首，到处都是星形标志，就连观看的团体操中也出现了星形。

"的确，在朝鲜五角星被用作一切事物的图标。"

宫冢韩国研究所的宫冢利雄长，长年从事朝鲜研究，他这样告诉我。遗憾的是，他也从来没有见过这种项链，至于里面的数字，他说：

"有很多可能性。可能是把收音机里传来的数字与随机数表做对照，接收指示……如果也找到了收音机，可以说是决定性的证据。但如果只有一串数字，也有可能是间谍的识别号码。"

原来如此。但千津子的公寓里没有类似收音机的东西或随机数表。

如何看待间谍说？宫冢先生提到了一个生活在日本的朝鲜籍女性，她曾与被称为大间谍的辛光洙一起生活过。女性不知道辛是间谍，与他同居了一段时间。后来，辛光洙从女性的生活里消失，因冒充被绑架的日本男性从事间谍活动而遭到国际通缉。

"如果真是间谍，一般会和辛光洙一样不向同居伴侣透露身份。留下许多人像照片倒并不奇怪，因为白天要融入普通人，因为要让自己看起来正常。只是作为朝鲜间谍来说，照片中的男性长得也太温和了。田中这个姓氏，在韩国和朝鲜的日本人经常使用，但在朝鲜语中'ta'指全部，'nakuta'则是钓的意思，合起来就是全部拿走，给人的印象不太好。[①]"

宫冢先生仔细回答了我每一个问题，但无论是关于星形标志的项链，还是其中罗列的数字，都只有猜测，没有答案。

关于星形标志的项链，公安调查厅的一名职员推测可能属于某种宗教，这点很有意思。他说："宗教法人经常使用星形标志。不过他们喜欢金色的，这个却很低调。"

接着，我们又向武田的一个社会学家朋友寻求建议。

"冷战时期，间谍一般会利用公开的信息源。她只订了一份《产经新闻》报纸，电视机也是最近买的，从这两点来看，间谍的可能性不大。"

所谓的谍报、情报工作，有些是努力获取机密，有些主

---

① 田中在朝鲜语中的发音和日语发音一样，也是 tanaka，与"ta nakuta"发音相似。

朝鲜的军服（肩章）和勋章上的各种星形标志
（宫冢韩国研究所收藏品）

要是分析公开信息，为本国政策决策提供帮助。但不管是哪一类，搜集信息都很重要，我不认为千津子适合干这个。

2013年，大阪府警外事课揭发一名住在尼崎市的男子是朝鲜间谍。他购买了一家美国调查公司的报告，报告中包含各国军事信息，在未经许可的情况下复制并发送给军方官员，这一行为涉嫌违反著作权法。这也可以说是一个利用公开信息的例子。

先不谈千津子，我们还不清楚"田中龙次"究竟做什么工作。他喜欢造访日本的神社和寺庙，看起来不像是和外国有什么关系……

那么，留在保险柜里的3400万日元是怎么回事呢？

"中彩票了吧。这可能就是真相。"

这真是具有学者风范的推测，既现实又浪漫——意外中了大奖，因而不得不避人耳目地生活。

然而，千津子身上有太多无法用中彩票来解释的事。第一，她没有理由不把钱存入银行，也没有必要在签订租赁合同时撒谎。

"我想……那是战后的广岛，是《无仁义之战》①中的世界啊。如果考虑和黑社会有关，不就可以解释了吗？"

的确，这个说法有一定说服力。"黑道大佬和他的女人"说。也许他从事的不是什么正经工作，所以要在租赁合约上撒谎。如果那些现金有问题，不存进银行，也是因为害怕有人调查其来龙去脉。现金集中，且数额庞大，因为是所谓的分手费吧？这也可以解释她为什么会去看一般人不知道的黑市牙医。

但针对"黑道大佬和他的女人"说，还有几点可疑。首先，就算她与黑社会有关，也没有必要那么彻底地避开和他

---

① 日本作家饭干晃一以二战后在广岛发生的广岛抗争为题材创造的小说。后改编成电影。

人交流吧？而且，也没有理由拒绝工伤赔偿。一直住在六叠大的公寓里，也让人费解。为什么没有把3400万日元用在改善生活上，这也无法解释。60岁还不得不在工厂工作，也是一个谜。

"因为不是公开案件"

DNA的鉴定结果一度令人担心，但9月下旬，在锦江庄发现的女性遗体被正式确认为冲宗千津子。

正明先生发来Line："尼崎东警察局来电话了，已经认定是母亲的妹妹了。骨灰可以安放在母亲旁边。谢谢你们所做的一切。"我不清楚科搜研具体做了什么样的鉴定，但应该从亲属身上采集了多个样本，得出了正确的结果。我松了一口气。

一直等着采访警察，现在终于可以开始了。

采访警察很有意思，因为不知道每天会发生什么，无论何时何地都有可能接到电话，所以常常要把手机带在身边。洗澡时我把手机放在更衣间里，就连去公寓一楼扔垃圾也带着。

我不负责警察局已经半年了。为了详细询问千津子遗体被发现时的情形以及公寓中遗失的贵金属的下落，我意外地再次拜访了警察。

这次的采访对象不是我熟悉的大阪府警，而是没有熟人的兵库县警。不知道对方会是什么样的人，警察局的应对方式也许也会和大阪府警不一样。

武田从几天前就开始向我施加奇怪的压力："采访警察你应该很习惯了吧，这次就交给你了。"不过我还是很感谢他陪我去警察局。

警察局的最高领导是局长，其次是副局长。应对媒体大多是二把手的职责，这不限于警察局。如果要采访大阪府警搜查一课，一般由课长下面的调查官对接；采访警察局的话，则由副局长对接。

千津子住的公寓属于尼崎东警察局的管辖范围。警察局离JR尼崎站步行十分钟。四周的高层公寓鳞次栉比，一栋楼比一栋楼高，似乎都是最近才建成的。

新的尼崎东警察局和周围的公寓一样，建筑内部像医院般整洁。我在接待处报上姓名，接待人帮忙转达给副局长。

千津子的遗体是在2020年4月26日被发现的，从那天算起，已经有一年多了。副局长说："这是我到任前的案子，我不清楚。"不过，他说会向负责的课打听。我们等了几分钟。

"好像确实有这么一个案子，但不是犯罪案件，也不是向媒体公开的案子，没什么可说的。"

和预想的一样。至今为止，我从警察那里听过几百遍这样的回答了。不愿就此罢休，我又抛出几个问题——"这名女性身高1.33米，没错吧？""调查过3400万日元的来源吗?",但都没有得到回应。

明知不可能,我仍然请求见一见当时负责这个案子的刑警,副局长只是摇了摇头。

是谁确认遗体就是女性住户的?公寓里的贵金属去哪里了?没有得到任何回答。

最后我问道,"以副局长个人的经验",有没有碰到过像千津子这样独自死在家里,无法查明身份的情况?

"我当警察也很久了,这种情况还是第一次见。"

如果正式采访不行,就"非正式"采访

对尼崎东警察局的采访,因"不是向媒体公开的案件",没能得到任何回答。不能就这么放弃。如果不能正式采访,那就"非正式"采访。

也就是说,在警察总部或警察局外,会见本来不负责接待记者的警察和相关人员,并向他们提问。

"夜袭"和"晨跑",也被称为夜巡和晨巡,指的是记者在早晨和晚上埋伏在非正式受访对象的家或通勤最近车站附近,向他们打听信息的办法。除了负责警察的记者,负责政治和经济新闻的记者在面对政界和商界的非正式采访对象时,也经常"夜袭""晨跑"。

直到半年前,我几乎每天都在做这个。在"夜袭""晨跑"中经常能打听到官方渠道无法获取的信息,因此我一点

也不认为这是浪费时间，反而觉得很有必要。只是晚睡早起对身体不好，这种行为常被称为坏习惯。说实话，我也已经不想再这样做了。

要"夜袭""晨跑"，首先要掌握采访对象的家庭住址和通勤最近的车站。知道住址后，就能在他早上上班前或晚上回家时去等着。如果采访对象在家，我也会去按门铃。

如果是谈恋爱还好，但等待一个既不喜欢也不讨厌的工作对象，会耗费大量体力和精力。我曾经差点被采访对象的邻居报警，也认识好几个被报警的记者。有时等好几小时也见不到人，后来才听说那天在值班或放假，让人很不甘心。就算见到了，也经常不被当回事。

不过，有时也会遇上好事。在青森分局，我负责采访警察，一次正值隆冬，积雪有一米厚，在等警察时，住在附近的一个陌生女性对我说："你在干什么？想用洗手间的话可以来我家。"我当时鼻涕直流，赶忙向她道谢。独自等了好几小时后，一点来自他人的温暖就能让人高兴得掉眼泪。只是这种事很少发生。

这次我决定"夜袭"两位据说对千津子一案知情的警察。根据事先采访得知，两人好像都住在兵库县内的公寓里。

傍晚时分，我们从大阪乘上电车，到达公寓最近的车站时太阳已经落山，天完全黑了。跟着谷歌地图的指引走了三十分钟，终于找到了带自动锁的公寓。

武田毫不迟疑地按下房间号码和呼叫键，应答的是一个男性。我向他说明情况，他却说："我没什么可说的。"

挂断了……结束了。我呆立在对讲机前，什么话也说不出来。虽然习惯了这种事，但总是抱有期待。真是遗憾。

另一天，我们去找另一个警察。同样是公寓，但不是自动锁，我们按了玄关门前的对讲门铃。这次应答的是一个女性，好像是警察的妻子。采访对象不在，我们留下名片便离开了。本来可以在公寓外或最近的车站等他回来，但不知道他长相，就算等也是枉然。

第二天，我们给这名警察写了一封信，提出想与他聊聊。几天后，信原封不动地回到了我们手中。

（伊藤／武田）

发表和余波

2021年12月上旬 / 2022年2月上旬

写稿时，北新地大楼发生火灾

12月，在结束了等待已久的警察采访后，我们终于开始着手将采访成果整理成稿件。从开始采访到现在已经半年了，我们的目标是在今年内写成稿件发表。

我先起草，然后把稿件发给伊藤。她会大幅度修改，再返给我。然后，做到一定程度后，我们会把稿件交给真下主编，他会检查细节，并向我们提出疑点。

要把半年的采访内容写成稿件，工作量很大，很花时间。我们一来一回地写了一个星期，终于开始有眉目的时候，发生了一件事。

报道称，12月17日中午，大阪闹市区北新地的一栋大楼发生了大规模火灾。那天，我在奈良地方法院旁听庭审，手机一直振动不停，不得不慌乱地赶回大阪分社。回到报社,已经是全员出动的状态了,每个记者桌上的电话都响个不停。

当天就查明了火灾发生原因是纵火,男性嫌疑人也身受重伤。最终酿成大事件,导致了包括嫌疑人在内的27人死亡,预计要进行近一个月的专题采访报道。眼下似乎没有余力去写千津子的报道了。

我主要负责追踪嫌疑人的过往,忙得和伊藤商量修改稿件的时间都没有,每天都工作到很晚才回家睡一觉。

通过采访得知,已死亡的嫌疑人谷本盛雄晚年过着孤独的生活。他曾是一名因技术高超而闻名的钣金工匠,离婚后在家谋杀未遂而入狱服刑。出狱后找不到工作,被认为是在穷困潦倒之际发起了"扩大自杀"①。他的账户余额为零。

各家报纸都大肆报道,事件背后的原因是嫌疑人在社会上"孤立无援"。他的遗骨无人认领,被保管在大阪市的市营殡仪馆——这或许可以作为佐证。之后,作为无缘佛,被埋在阿倍野区的市立灵园。

然而,通常所谓的孤独,并不是指完全与周围切断所有联系的状态。现代社会充满了各种联系,身处其中,我们总是寻求更深层次的联系,但往往无法获得满足,每每品味苦涩的孤独。

而生活在尼崎的角落里,千津子品味的孤独,我想又是

---

① 日语中的"扩大自杀"是指,杀人后或杀人同时进行自杀的行为。

另一番滋味吧。那是如真空般彻底的孤独。她只保持了最低程度的联系,改换姓氏,脱离制度,从社会上抹去了自己的存在。

网络报道引发的讨论

对北新地纵火案的采访,到第二年 2 月才告一段落,千津子的报道有望发表了。在整理过程中,稿件篇幅变长了,有人提议分为前后两篇。"网络报道分两篇,不太好读,读者不会读完吧?"和主编一直讨论到发表前的最后一刻,最终被伊藤说服,她认为报道应该尽可能多地反映采访成果。

报道在 2 月 20 日和 21 日被分成前后两篇发布,标题是《留下 3400 万日元现金,孤独死去,身份不明的女性究竟是谁?》。到后篇发布时,前篇在雅虎新闻[1]的"综合访问量排行榜"上排名第一。在推特上,行旅死亡人一词成了热门话题,阅读量非常大。这完全出乎我们的预料。连老家平时不看新闻的朋友也特意联系我,说读了这篇报道。

当然,任何报道都要面对毁誉褒贬,对各种各样的感想我早有心理准备。事实上,有人批评道:"本人也许并不希望被报道。"对此,我们甘愿接受,因为报道是我们的职责。

无论是什么样的感想,从内容都可以看出,多数读者

---

[1] 日本主流的新闻综合门户网站,同时也是搜索引擎。

都仔细阅读了报道,还在雅虎新闻的评论区和推特上发表看法:"每个人都有自己的历史""我能感同身受""读完后觉得自己应该放松点,试着享受生活""我的人生没什么了不起的,但想到死了之后就什么都没有了,还是很难过"……我读着每个人的感想,不知不觉已沉迷其中。

另外,我们在报道最后向读者征集信息,但没有人说认识千津子、龙次。像我曾经推理的那样,也有人怀疑他们与格力高·森永事件有关,但没有具体的信息。

刻意推后的出生年份,不可思议的遗物,以及大量现金……真空中,只剩下谜团。

(武田)

旅途尽头

2022 年 7 月下旬

四季循环，又到了夏天

四季轮回，灼热的暑气又回来了。

2022 年 7 月下旬，我和伊藤再次前往小用。天气晴朗，万里无云，濑户内海湛蓝清澈。

时隔一年，我们按下千津子的娘家亲戚中下家的门铃，应门的是中下松美先生。他的妻子雪江女士不在，在店里做准备工作。

"那篇报道在这一带很受关注呢。"松美先生微笑着说。我很惊讶，在这个老年人居多的城镇，大家竟然会阅读网络报道。不过，只要被媒体报道了，就一定会成为这个滨海小镇的大新闻吧。

当谈到千津子一家曾住过的老房子，他告诉我们，今年开始整理，目前正在拆除。对中下家来说，买那块土地是为

再度拜访千津子在小用的老家；已经拆除，只剩木架

了井水，破破烂烂的小屋原本就没什么用处。

我们绕到屋后一看，只剩一个木架，周围堆满了垃圾。阳光下，木架光秃秃的，丝毫感觉不到有人住过的痕迹。

仅仅一年，这也变了。房子轮廓逐渐消失，日复一日地风化着。

在经济高速发展的时期，小用也因海运而繁荣，现在却到处都是空房子。据当地人说，唯一的寺庙光明寺也因无人继承，面临废寺的命运。若干年后，这里又会变成什么样呢？

然后，那些讲述回忆的人也会慢慢消失。

报道发布后，共同社大阪社会部的推特账号收到了川冈岛江的孙子发来的私信，川冈曾是千津子的同学。他说，祖母去年年底过世了。他在私信中写道:"好久没看过祖母的照片了,谢谢你们。"

回头看,一切都发生在最后一刻。真相,就像盛夏时节吃冰激凌,磨磨蹭蹭的话,还没等吃完就融化了。

第二天,我们坐上市营电车,前往广岛市宇品地区的千晓寺。千津子的骨灰就安放在那里。

千津子回故乡

在最近的海岸大道站下车,一排排熟悉的房子展现在眼前。去年(2021年)8月,我拿着千津子战前的旧地址,步行寻找她出生的家。但当时的住户已经不在了,在这里没能取得任何成果。

步行到寺院只花了五分钟,但到达时我们已经汗流浃背。雪白的围墙上挂着广岛市"被爆建筑"的牌子。

战前,寺院就在原宇品地区拥有墓地。据冲宗正明先生说,家里有代代相传的墓地,但路途遥远,路也不好走,所以就把千津子的骨灰移到了寺院内的骨灰堂里。

穿过钟塔,走到正殿旁,就来到了骨灰堂。门关着,我们对寺院的女性工作人员说是来祭拜的,她为我们开了门。

前方的佛坛上挂着阿弥陀佛如来的画像,其后是一排排黑底与金底的各家佛坛——看起来很现代，造型像投币式储物柜。

敲响佛龛里的铜铃，合掌作揖后，我们两人便分头寻找"冲宗"。我还拖拖拉拉的，一向敏捷的伊藤已经找到了。为慎重起见，我们环视了其他佛坛，确认没有同姓的后，便聚在冲宗家的佛坛前。

我们一直寻找的冲宗千津子就在这个写着冲宗的佛坛里。

一切都源于偶然看见的一份官报。一年后，我们终于走到了这里。我们踏上旅途，千津子也曾踏上旅途。行旅死亡人这个词，本来指的就是在旅途中倒下的人。

最终我们还是不知道她对家乡和亲人怀着怎样的感情，也不知道她对宇品有着怎样的回忆。我们甚至不敢说，所做的一切是不是对的。现在我只有一种感觉：在偶然的相遇中被打动，一心笔直向前，直至终点。

在我面前的不再是一个行旅死亡人，而是一个度过了86载岁月、有姓有名的女人。

"一路以来辛苦了。"

就这样，我们的旅程也结束了。

（武田）

后记

我第一次做这样前路不明的采访。会有怎样的结局？什么时候结束？以什么方式结束？全都无法预料。如果只有我一个人，恐怕早就放弃了。

迟迟看不到出口，但我们从来都没有彼此叫苦。相反，我们经常从记者这一职业的基本工作——不断发现和累积事实中感受到了很多快乐。

当今社会，老年人的孤独死和无缘死①已经不是什么新鲜事。据推算，这个数字每年多达3万，今后只会有增无减。另外，官报每年会刊登600到700名行旅死亡人。

千津子就是其中之一。她没有得到任何照顾，悄无声息地死了，被当成无名的猝死者火化。仔细想，这起事件包含

---

① 指一个人在失去家庭关系、社区关系和雇佣关系后，在无人知晓的情况下独自死去的社会现象。

了许多令人费解之处,从长远来看,它可能会发生在现在的任何人身上。

为此,我拼命追逐千津子影子的同时,经常思考自己的死。会有人在我身边吗?死后又会有多少人记得我?

采访别人的死,是记者的日常,但那毕竟是与自己无关的故事。每天忙于工作,几乎没有时间想象自己的死。但这次,看到千津子房间里婴儿床上的玩偶时,我毫无缘由地体会到了无法抗拒的时间流逝,以及自己也终将面对"终焉"。不是"人总有一天会死",而是"我总有一天会死"。

人只要活着,总会在某处留下足迹。这也是这次采访让我深刻体会的一点。不,人死后,也可能也会留下点什么。一个人的死,触动了两个记者,然后又触动了其他许多人,于是就有了这本书。

在这次采访中,我们真的得到了许多人的帮助。我想借此机会向抽出宝贵时间接受采访的所有人表示衷心的感谢。

尤其是冲宗正明先生,在没有预约的情况下上门拜访,仍然听我们讲述事情原委,之后也给了我们很多帮助;还有冲宗生郎先生,一起制作了族谱,他几乎成了采访小组的一员;以及许多其他姓冲宗的人。此外,还有律师太田吉彦,引我们踏上采访之旅;宫城阳菜女士和她的家人,带我们参观公寓,幽默地谈论记忆中的千津子;川冈岛江女士,面带美好的笑容讲述过去的故事;丹羽和光先生,带病接受采访;还有千津子生活在广岛、小用、尼崎时遇到的那些人。

真的非常感谢。

共同社大阪社会部的主编真下周,从采访初期就参与讨论,给我们建议,我们想再次表达感激之情。

插画师高妍为我们绘制了满是怀旧诗意的封面,[①]看一次就让人难以忘怀。如果有人不介意本书出自两个寂寂无闻的记者,仍愿意拿起它来看看,那完全是托她的福。

每日新闻出版社的久保田章子女士,在我们第一次写书而不知所措时,她一直很有耐心地激励我们。没有她的品位和热情,绝对不会有这本书。

还有冲宗千津子。真想见你一面啊。

武田惇志　伊藤亚衣

2022 年 10 月

---

① 中文简体版没有用日版封面。——编者著

本书根据47NEWS2022年2月20、21日发布的报道《留下3400万日元现金，孤独死去，身份不明的女性究竟是谁？（前后篇）》改编，补充了大量内容并重新编排。

图书在版编目（CIP）数据

一个行旅死亡人的故事 /（日）武田惇志，（日）伊藤亚衣著；毛叶枫译. -- 南京：江苏凤凰文艺出版社，2025.7. -- ISBN 978-7-5594-9192-3

Ⅰ．I313.55

中国国家版本馆CIP数据核字第2025XG7337号

ARU KOURYOSHIBOUNIN NO MONOGATARI
by ATSUSHI TAKEDA and AI ITO
Copyright © 2022 ATSUSHI TAKEDA and AI ITO and KYODO NEWS 2022
Original Japanese edition published by Mainichi Shimbun Publishing Inc.
All rights reserved
Chinese (in simplified character only) translation copyright © 20XX by Ginkgo (Shanghai) Book Co., Ltd.
Chinese (in simplified character only) translation rights arranged with Mainichi Shimbun Publishing Inc. through BARDON CHINESE CREATIVE AGENCY LIMITED, HONG KONG.

本书中文简体版权归属于银杏树下（上海）图书有限责任公司
江苏省版权局著作权合同登记　图字：10-2024-434号

一个行旅死亡人的故事

[日] 武田惇志　　[日] 伊藤亚衣 著　　毛叶枫 译

编辑统筹	梅天明
责任编辑	曹 波
特约编辑	王莉芳
装帧设计	墨白空间·曾艺豪
责任印制	杨 丹
出版发行	江苏凤凰文艺出版社
	南京市中央路165号，邮编：210009
网　　址	http://www.jswenyi.com
印　　刷	嘉业印刷（天津）有限公司
开　　本	787毫米×1092毫米　1/32
印　　张	6
字　　数	125千字
版　　次	2025年7月第1版
印　　次	2025年7月第1次印刷
书　　号	ISBN 978-7-5594-9192-3
定　　价	45.00元

江苏凤凰文艺版图书凡印刷、装订错误，可向出版社调换，联系电话025-83280257